TRAICIÓN ENTRE LAS SÁBANAS

SHARON KENDRICK

HARLEQUIN™

Editado por Harlequin Ibérica.
Una división de HarperCollins Ibérica, S.A.
Núñez de Balboa, 56
28001 Madrid

© 2017 Sharon Kendrick
© 2017 Harlequin Ibérica, una división de HarperCollins Ibérica, S.A.
Traición entre las sábanas, n.º 2583 - 15.11.17
Título original: The Pregnant Kavakos Bride
Publicada originalmente por Mills & Boon®, Ltd., Londres.

I.S.B.N.: 978-84-9170-118-7
Depósito legal: M-24982-2017
Impresión en CPI (Barcelona)
Fecha impresion para Argentina: 14.5.18
Distribuidor exclusivo para España: LOGISTA
Distribuidores para México: CODIPLYRSA y Despacho Flores
Distribuidores para Argentina: Interior, DGP, S.A. Alvarado 2118.
Cap. Fed./Buenos Aires y Gran Buenos Aires, VACCARO HNOS.

Capítulo 1

ELLA PERSONIFICABA todo lo que él odiaba
en una mujer y estaba hablando con su hermano. Ariston Kavakos la observó. Unas curvas hechas para despertar el deseo de un hombre, lo
quisiera este o no. Y él, desde luego, no quería. Pero
su cuerpo se negaba tercamente a obedecer los dic-
tados de su mente y un potente rayo de lujuria cayó
directamente sobre su entrepierna.

¿Quién demonios había invitado a Keeley Turner?

Estaba de pie al lado de Pavlos, con el cabello
rubio ondulando bajo las luces de la elegante galería
de arte de Londres. Alzó las manos como para enfa-
tizar una frase y la mirada de Ariston se posó en los
pechos más increíbles que había visto jamás. La recordó con un biquini mojado con chorros de agua ba-
jando por su vientre al salir de las espumosas aguas
azules del Egeo y tragó saliva. Ella era recuerdo y
fantasía mezclados en uno. Algo empezado y nunca
terminado. Habían pasado ocho años y Keeley Turner hacía que quisiera mirarla a ella y solo a ella, a
pesar de las impresionantes fotografías de su isla
griega privada que dominaban las paredes de la galería de Londres.

¿Estaría su hermano igual de embelesado? Confiaba en que no, aunque el lenguaje corporal de los dos, inmersos en su conversación, excluía al resto del mundo. Ariston echó a andar por la galería, pero si los otros notaron que se acercaba, no dieron muestras de ello. Ariston sintió una punzada de rabia, que se apresuró a ignorar porque la rabia podía ser contraproducente. La calma fría resultaba mucho más eficaz para lidiar con situaciones difíciles y había sido la clave de su éxito. El medio por el que había levantado del polvo la empresa familiar y la había reconstruido, ganándose fama de ser el hombre con un toque Midas. El reinado disoluto de su padre había terminado y Ariston, el hijo mayor, estaba al cargo. En aquel momento, el negocio de barcos de Kavakos era el más provechoso del mundo y tenía intención de que siguiera siéndolo.

Apretó la mandíbula. Para eso hacía falta algo más que tratar con consignatarios de buques y estar al día de la situación política mundial. Había que vigilar a los miembros más ingenuos de la familia. Porque en el imperio Kavakos se movía mucho dinero y él sabía cómo eran las mujeres con el dinero. Una lección temprana sobre avaricia femenina le había cambiado la vida para siempre y por eso andaba siempre vigilante. Su actitud conllevaba que algunas personas lo consideraran controlador, pero Ariston prefería verse como un guía, un capitán que conducía un barco. Uno se alejaba de los icebergs por razones obvias y las mujeres eran como icebergs. Solo se veía el diez por ciento de cómo eran en realidad, pues el resto estaba profundamente enterrado bajo la superficie egoísta.

Mientras andaba hacia ellos, no apartaba la vista de la rubia, sabedor de que, si llegaba a ser un problema en la vida de su hermano, él lidiaría con ella rápidamente. Curvó los labios en una sonrisa breve. Se libraría de ella en un santiamén.

–Vaya, Pavlos –dijo con suavidad cuando llegó hasta ellos. Notó que la mujer se ponía tensa al instante–. ¡Qué sorpresa! No esperaba verte aquí tan pronto después de la inauguración. ¿Has desarrollado un amor tardío por la fotografía o es que añoras la isla en la que naciste?

Pavlos no parecía contento con la interrupción, pero a Ariston eso le daba igual. De momento no podía pensar en nada que no fuera lo que ocurría en su interior. Porque, desgraciadamente, no parecía haberse vuelto inmune a la seductora de ojos verdes que había visto por última vez a los dieciocho años, cuando se había lanzado sobre él con un ansia que lo había dejado estupefacto. Su sumisión había sido instantánea, y habría sido completa si él no le hubiera puesto fin. Haciendo gala de la doble moral sexista que a veces le atribuían, la había despreciado por ello al tiempo que también se sentía embaucado. Había tenido que recurrir a todo su legendario autocontrol para apartarla y enderezarse la ropa, pero lo había hecho, aunque eso lo había dejado excitado y anhelante durante meses. Apretó los labios porque ella no era más que una golfa barata.

«De tal madre, tal hija», pensó sombrío. Y ese era un tipo de mujer con el que no quería que se relacionara su hermano.

–Ah, hola, Ariston –contestó Pavlos, con aquel

aire relajado que hacía que la gente se sorprendiera cuando se enteraba de que eran hermanos–. Así es, aquí estoy de nuevo. He decidido hacer una segunda visita y encontrarme al mismo tiempo con una amiga. Te acuerdas de Keeley, ¿verdad?

Hubo un momento de silencio mientras los ojos verdes brillantes de ella se posaban en los suyos y Ariston sentía el fuerte golpeteo de su corazón.

–Por supuesto que me acuerdo de Keeley –dijo con brusquedad, consciente de la ironía de sus palabras.

Porque para él las mujeres eran fáciles de olvidar y eran solo un medio para un fin. Sí, a veces podía recordar unos pechos espectaculares o un trasero respingón. O si una mujer tenía un talento especial con los labios o las manos, quizá se mereciera una sonrisa nostálgica de vez en cuando. Pero Keeley Turner había sido especial en ese terreno y nunca había podido borrarla de su mente. ¿Porque era fruta prohibida? ¿O porque le había dado una muestra de increíble dulzura antes de que se viera obligado a rechazarla? Ariston no lo sabía. Era algo tan inexplicable como poderoso, y se sorprendió observándola con la misma intensidad con que miraba la gente cercana las fotos que adornaban las paredes de la galería.

Pequeña pero con curvas imposibles, su espeso cabello le colgaba por la espalda en una cortina de ondas rubias. Llevaba unos vaqueros corrientes y un jersey anodino, pero eso no parecía importar. Con un cuerpo como el suyo, podía ir vestida con un saco y seguir siendo esplendorosa. El tejido barato se ten-

saba sobre la exuberancia de sus pechos y los vaqueros azules acariciaban las curvas de su trasero. No llevaba los labios pintados y muy poco los ojos. No
tenía un aspecto moderno y, sin embargo, había algo
en ella, algo indefinible, que tocaba un núcleo sensual en el interior de él y hacía que quisiera arran-
carle la ropa y montarla hasta que gritara su nombre.
Pero quería que se fuera más de lo que quería acos-
tarse con ella, y pensó que ya era hora de trabajar en
aquella dirección.

Se volvió hacia su hermano y sonrió débilmente.

—No sabía que erais amigos —comentó, excluyén-
dola intencionadamente de la conversación.

—Hacía años que no nos veíamos —repuso Pavlos—.
Desde aquellas vacaciones.

—Sospecho que aquellas vacaciones es algo que
ninguno de nosotros quiere recordar —replicó Ariston, y disfrutó del sonrojo que cubrió el rostro de
ella—. ¿Pero habéis seguido en contacto todo este
tiempo?

—Somos amigos en las redes sociales —Pavlos se
encogió de hombros—. Ya sabes cómo es eso.

—La verdad es que no lo sé. Conoces mi opinión
sobre las redes sociales y no es positiva —contestó
Ariston—. Tengo que hablar a solas contigo.

Pavlos frunció el ceño.

—¿Cuándo?

—Ahora.

—Pero acabo de encontrarme con Keeley. ¿No
puede esperar?

—Me temo que no —dijo Ariston.

Vio que su Pavlos miraba a Keeley pesaroso,

como si quisiera disculparse por el comportamiento brusco de su hermano, pero le dio igual. Se había esforzado toda su vida por procurar que Pavlos se mantuviera alejado del tipo de escándalos que habían tragado a su familia en otro tiempo, decidido a que no siguiera el camino lastimoso de su padre. Se había asegurado de que asistiera a un buen internado en Suiza y a la universidad en Inglaterra, y había influido con cautela en la elección de sus amigos... y amigas. Y aquella golfa guapa, con su ropa barata y sus ojos que invitaban al sexo estaba a punto de descubrir que no podía acercarse a su hermano.

—Es un asunto de negocios —dijo con firmeza.

—¿Más problemas en el Golfo?

—Algo así —repuso Ariston, irritado por la actitud de Pavlos, que parecía olvidar que no se hablaba de negocios delante de desconocidos—. Podemos ir a uno de los despachos de la galería. Nos lo prestan —añadió—. El dueño es amigo mío.

—Pero Keeley...

—Oh, no te preocupes por ella. Estoy seguro de que tiene imaginación suficiente para cuidar de sí misma. Aquí hay mucho que ver.

Se volvió a mirarla y le habló directamente por primera vez.

—Y muchos hombres encantados de ocupar el lugar de mi hermano. De hecho, veo que un par de ellos te están mirando. Seguro que puedes pasarlo muy bien con ellos, Keeley. No permitas que te entretengamos más.

Keeley sintió que se quedaba paralizada. Le habría gustado que se le ocurriera una respuesta apropiada que lanzar a aquel griego arrogante que la miraba como si fuera una mancha en el suelo y le hablaba como si fuera una ramera. Pero lo cierto era que no se atrevía a hablar, por miedo a decir solo cosas sin sentido. Porque ese era el efecto que le producía él. El efecto que producía a todas las mujeres. Hasta cuando hablaba con ella con desprecio en los ojos podía reducirla a un nivel de anhelo que no era como lo que sentía con la mayoría de los hombres. Podía lograr que fantaseara con él aunque solo exudara oscuridad.

Keeley había visto cómo lo había mirado su madre. Veía cómo lo miraban las otras mujeres de la galería, con miradas hambrientas pero nerviosas, como si observaran a una especie diferente y no supieran bien cómo lidiar con él. Como si comprendieran que debían apartarse, pero se murieran por tocarlo de todos modos. Y ella no podía juzgarlas por eso, ¿verdad? Porque había pegado con fuerza su cuerpo al de él y ansiado que saciara el profundo anhelo que sentía dentro. Se había comportado como una tonta, había malinterpretado un gesto sencillo de él y se las había arreglado para empeorar una situación ya de por sí mala.

La última vez que lo había visto, su vida se había derrumbado y ocho años después seguía lidiando con los efectos colaterales. Keeley apretó los labios. Había sufrido demasiado para permitir que aquel multimillonario arrogante le hiciera sentirse mal consigo misma. Sospechaba que el reto burlón que brillaba en los ojos azules de él iba destinado a conseguir que se excusara y desapareciera, pero ella no haría eso.

En su interior empezaba a forjarse una rebelión silenciosa. ¿De verdad creía él que tenía el poder de echarla de aquella galería pública como la había echado de otro tiempo de su isla privada?

—No iré a ninguna parte —dijo. Vio que los ojos de él se oscurecían de rabia—. Estaré encantada de mirar las fotografías de Lasia. Había olvidado lo hermosa que es la isla y puedo entretenerme hasta que vuelvas —sonrió—. Te espero aquí, Pavlos. Tarda todo lo que quieras.

Obviamente, no era la respuesta que quería Ariston y Keeley vio que la irritación endurecía los hermosos rasgos de él.

—Como quieras —dijo—. Aunque no sé cuánto tardaremos.

Ella lo miró a los ojos con una sonrisa.

—No te preocupes. No tengo prisa.

Él se encogió de hombros.

—Muy bien. Vamos, Pavlos.

Echó a andar con su hermano al lado y Keeley, aunque se dijo que debía apartar la vista, no pudo hacer otra cosa que mirarlo fijamente, como todas las demás personas de la galería.

Había olvidado lo alto y duro que era, porque se había obligado a olvidarlo, a purgar su memoria de una sensualidad que la había afectado como ninguna otra. Sin embargo, tenía la impresión de que parecía incómodo con el exquisito traje gris que llevaba. Su cuerpo musculoso parecía constreñido, como si estuviera más a gusto con los vaqueros cortados que había llevado en Lasia. Pero de pronto se le ocurrió que no importaba lo que llevara ni lo que dijera porque nada había cambiado. Lo veía y lo deseaba, era así de sencillo. Pensó en lo cruel que era la vida porque el único hombre al que había deseado en su vida era un hombre que la despreciaba.

Apartó la vista con un esfuerzo y se obligó a concentrarse en una fotografía que mostraba la isla que llevaba generaciones en la familia Kavakos. Lasia era conocida como el paraíso de las Cícladas, con buenos motivos, y Keeley había tenido la sensación de que entraba en el paraíso en cuanto había pisado su arena plateada. Había explorado con placer su interior exuberante, hasta que la sorprendente caída en desgracia de su madre había hecho que tuvieran que acortar la visita. Jamás olvidaría las hordas de periodistas ni el flash de las cámaras en el rostro cuando bajaban del barco que las había llevado de vuelta a El Pireo. Ni los titulares a su vuelta a Inglaterra, o las vergonzosas entrevistas que había dado su madre después y que solo habían servido para empeorarlo todo. Keeley se había visto manchada por el escándalo, una víctima de circunstancias más allá de su control, y las repercusiones continuaban todavía.

¿No era eso lo que la había hecho ir allí esa tarde a verse con Pavlos y recordar la belleza del lugar, como si así pudiera trazar una línea debajo del pasado y cerrarlo de algún modo? Había confiado en poder erradicar parte de los recuerdos y reemplazarlos por otros mejores. Había visto una foto de Ariston en el periódico, de la noche de la inauguración, con una guapa pelirroja colgada del brazo. Desde luego, no había esperado encontrárselo allí esa tarde.

—¿Keeley?

Se volvió hacia Pavlos. Ariston estaba un poco detrás de él y no se molestaba en ocultar una sonrisa de victoria.

–Hola –dijo ella–. No has tardado mucho.

–No –musitó Pavlos–. Oye, me temo que tengo que irme. Tendremos que posponer el encuentro. Ariston quiere que vaya a Oriente Medio a ocuparme de un barco.

–¿Ahora? –no pudo evitar preguntar ella.

–En este mismo momento –comentó Ariston–. ¿O debería haberlo consultado antes contigo?

Pavlos se inclinó y le dio un beso en cada mejilla.

–Te pondré un mensaje luego –dijo, sonriente–. ¿De acuerdo?

–Bien –repuso ella.

Lo observó alejarse, consciente de que Ariston seguía detrás de ella, pero sin atreverse a mirarlo. Se esforzó por concentrarse en la foto que tenía delante, una bahía donde se divisaban formas de tortugas gigantes nadando en las aguas cristalinas. Quizá él captara la indirecta y se marchara.

–No sé si ignoras totalmente mi presencia –dijo él, con su voz grave– o si te encanta ignorarme a mí.

Se había acercado hasta ponerse a su lado y Keeley alzó la vista y se vio atrapada en la penetrante mirada de color zafiro de él. La sangre se le subió a la cabeza. Y a los pechos, que sentía pesados y doloridos. Se le secó la boca. ¿Cómo hacía él aquello? Se sentía casi mareada, pero se las arregló para decir con frialdad:

–¿Por qué? ¿Las mujeres siempre notan tu presencia cuando entras en una habitación?

–¿Tú qué crees?

Y entonces Keeley se dio cuenta de que no tenía que jugar a aquel juego. Ni a ningún otro. Él no era nada para ella. Nada. «Pues deja de portarte como si tuviera algún tipo de poder sobre ti». Sí, una vez había cometido un error estúpido. ¿Pero y qué? Hacía mucho tiempo de eso. Era joven y estúpida y había pagado su precio. No a él, sino al Universo. Pero no le debía nada. Ni siquiera educación.

–¿La verdad? –soltó una risita–. Creo que eres increíblemente grosero y arrogante, además de tener el ego más grande que ningún hombre que haya conocido jamás.

Él enarcó las cejas.

–E imagino que habrás conocido a unos cuantos.

–Seguro que menos que las mujeres que has conocido tú, si hemos de creer a la prensa.

–No lo niego. Pero si quieres jugar al juego de los números, me temo que no ganarás nunca –a él le brillaron los ojos–. ¿Nadie te ha dicho que las reglas para hombres son muy distintas a las reglas para mujeres?

–Solo en el Universo anticuado que pareces habitar tú.

Él se encogió de hombros.

–Puede que no sea justo, pero me temo que es un hecho de vida. Y a los hombres se nos permite comportarnos de un modo que se censuraría en una mujer.

Su voz se había convertido en una caricia aterciopelada. Keeley sintió que se ruborizaba e intentó alejarse.

–Déjame pasar, por favor –dijo, intentando que no le temblara la voz–. No tengo necesidad de seguir aquí oyendo teorías de neandertal.

–En eso tienes razón –él le puso una mano en el brazo–. Pero antes de irte, quizá esta sea la oportunidad ideal para dejar algunas cosas claras entre nosotros.

–¿Qué clase de cosas?

–Creo que sabes de lo que hablo.

–Me temo que no –ella se encogió de hombros–. Nunca he podido leer el pensamiento.

La mirada de él se endureció.

–Pues permíteme que lo deje claro. No te acerques a mi hermano, ¿de acuerdo?

Keeley lo miró incrédula.

–¿Cómo dices?

–Me has oído. Déjalo en paz. Búscate otro al que clavarle las garras. Seguro que habrá muchos que estén deseándolo.

Keeley sentía los dedos de él a través del jersey y era casi como si la marcara con su contacto, como si prendiera fuego a su piel. Se soltó con rabia.

–No puedo creer que tengas el valor de decir algo así.

–¿Por qué no? Me preocupo por él.

–¿Quieres decir que te dedicas a espantar a los amigos de Pavlos?

–Hasta ahora no he sentido la necesidad de hacer otra cosa que vigilarlos un poco, pero hoy sí –él sonrió sin humor–. No sé cuál es tu índice de éxitos con los hombres, aunque imagino que debe de ser alto. Pero creo que debo aplastar cualquier esperanza que puedas tener diciéndote que Pavlos ya tiene novia. Una mujer hermosa y decente que lo quiere mucho –le brillaron los ojos–. Y yo que tú no perdería más tiempo con él.

–¿Y él tiene algo que decir en el tema? –preguntó Keeley–. ¿Has elegido ya el anillo de compromiso y decidido dónde va a ser la boda y con cuántas damas de honor?

–Aléjate de él, Keeley –repuso Ariston, cortante–. ¿Entendido?

Lo irónico de aquello era que Keeley no tenía inclinaciones románticas hacia Pavlos Kavakos y nunca las había tenido. Su amistad, si podía llamarse así, no iba más allá de pulsar un «Me gusta» o un emoticono sonriente cuando él colgaba en las redes fotos de sí mismo disfrutando al sol con amigos. Verlo ese día le había resultado reconfortante porque se había dado cuenta de que a él no le importaba lo que había ocurrido en el pasado. Pero Keeley sabía que se movían en mundos totalmente diferentes que nunca chocaban. Él era rico y ella no. Le daba igual que tuviera novia, pero la orden imperiosa de Ariston era para ella como si agitaran un trapo rojo delante de un toro.

–Nadie me dice lo que tengo que hacer –repuso con calma–. Ni tú ni nadie. Veré a quien yo quiera y tú no puedes impedírmelo. Si Pavlos quiere contactarme, no lo rechazaré porque lo digas tú. ¿Entendido?

En la cara de él vio incredulidad, seguida de rabia, como si nadie nunca se hubiera atrevido a desafiarlo tan abiertamente, y ella intentó ignorar el mal presentimiento que la embargó de pronto. Pero había dicho lo que quería y ahora tenía que alejarse antes de que empezara a pensar lo que había sentido cuando la tocaba.

Se volvió y salió de la galería, sin darse cuenta de que su chal de color crema había resbalado de sus dedos insensibles. Solo era consciente de la mirada de Ariston clavada en su espalda, lo que hacía que cada paso le pareciera un paseo lento a las galeras. El ascensor de cristal llegó casi inmediatamente, pero Keeley temblaba cuando llegó a la planta baja y, cuando salió a la ajetreada calle de Londres, tenía la frente cubierta de sudor.

Capítulo 2

EL RECORRIDO de vuelta a su casa, en New Malden, pasó como en una nube, con Keeley recordando el modo en que le había hablado Ariston, con un desprecio que no se había molestado en ocultar. Pero eso no había impedido que sus pechos se tensaran bajo el escrutinio arrogante de él. Ni que un estúpido anhelo le recorriera la piel cada vez que miraba los ojos azules de él. Y ahora tendría que empezar a olvidarlo de nuevo.

Cuando salió de la estación de tren, le cayó encima una ducha de primavera. El clima en abril era bastante impredecible, pero ella no llevaba paraguas. Cuando llegó a su pequeño estudio, estaba mojada y con frío y le temblaban las manos con las que cerró la puerta. Pero en vez de quitarse la ropa mojada y preparar té, se dejó caer en el sillón más próximo y se quedó mirando la lluvia por la ventana. Su mente le jugaba malas pasadas, pues solo veía una playa amplia plateada con hermosas montañas elevándose en la distancia. Un lugar paradisíaco. Lasia.

Recordó su sorpresa al encontrarse allí, en una isla privada propiedad de la poderosa familia Kavakos, con la que no tenía ninguna relación. Ella estaba en Andros, con su madre, que no dejaba de que-

jarse de su reciente divorcio del padre de Keeley y de
ahogar sus penas en Retsina.

El padre de Ariston era uno de aquellos hombres
que se dejaban deslumbrar por los famosos, aunque
fueran de segunda categoría, y al enterarse de que
aquella actriz y su hija estaban cerca, había insistido
en invitarlas a continuar sus vacaciones en la isla. La
madre de Keeley se había mostrado encantada con la
proximidad de tantos hombres ricos y poderosos y se
había dedicado a lucir palmito con un biquini demasiado pequeño para una mujer de su edad.

Keeley no había querido saber nada de las fiestas
porque, a pesar de su tierna edad, se había visto
arrastrada por su madre a unas cuantas desde que
había empezado a andar. A los dieciocho años intentaba pasar desapercibida porque así era como se sentía más segura. Se había alegrado de conocer al de-
portista Pavlos, con el que se había entendido de
inmediato. El adolescente griego le había enseñado a
practicar esnórquel en bahías cristalinas y la había
llevado a hacer marchas por las montañas verdiazu-
les. La atracción física no había entrado en el juego
porque, igual que muchos hijos criados por padres
licenciosos, Keeley era más bien puritana y la idea
del sexo la asqueaba vagamente. Pavlos y ella habían
interaccionado como hermanos y explorando juntos
la isla.

Pero después, una mañana, Ariston, el hermano
mayor, había llegado en un barco blanco, como una
especie de dios al timón, con el pelo moreno revuelto, la piel bronceada y ojos a juego con el color
del mar oscuro. Keeley lo había visto desde la playa

y el corazón le había latido de un modo desconocido.
Más tarde se lo habían presentado, pero se sentía tan
cohibida en su presencia, que casi no había sido capaz de mirarlo a los ojos. A diferencia de las demás
mujeres de la casa. A Keeley le había avergonzado el
modo descarado en que coqueteaba su madre con él.

Y luego había llegado la noche de la fiesta, una
fiesta impresionante a la que estaba invitado el ministro griego de Defensa. Keeley recordaba la atmósfera febril y la cara de desaprobación de Ariston a
medida que se emborrachaba cada vez más gente.
Recordaba haberse preguntado dónde se habría metido su madre, y haber sabido después que la habían
pillado con el chófer del ministro en el asiento trasero del coche oficial, donde le hacía sexo oral a un
hombre al que doblaba la edad. Alguien los había
grabado y eso había hecho que estallara el escándalo.

Keeley había corrido a la playa, demasiado avergonzada para mirar a nadie a la cara, y buscando solo
estar sola. Pero Ariston había ido detrás de ella y la
había encontrado llorando. Sus palabras habían sido
sorprendentemente suaves. Casi gentiles. La había
abrazado y ella se había sentido como en el paraíso.
¿Había sido porque su madre nunca mostraba cariño
físico y su padre había sido demasiado mayor para
tomarla en brazos de pequeña, lo que había hecho
que entendiera mal lo que ocurría y confundiera el
consuelo con otra cosa? ¿O porque el deseo, que
había estado ausente de su vida hasta aquel momento, la había envuelto como una llamarada y la
había hecho comportarse como nunca antes?

Había sido una sensación muy poderosa. Como

un ansia primitiva que había que alimentar. Se había apretado contra Ariston, se había puesto de puntillas y había buscado sus labios con los de ella. Después de un momento, él había respondido al beso y esa respuesta había sido todo lo que ella podría haber soñado. La sensación se había intensificado por unos minutos, en los que él la había besado con urgencia. Había sentido la lengua de él pidiendo paso y había abierto la boca en una invitación silenciosa. Y luego los dedos de él habían rozado sus pechos estremecidos y buscado impacientes los pezones antes de llevar la mano de ella a sus pantalones. No había habido timidez por parte de Keeley, solo alegría al entender el poder de su sexualidad... Y la de él. Recordaba el gemido de él cuando lo había tocado, cómo la había maravillado su erección y cómo la había acariciado. La pasión había inundado su timidez hasta tal punto que sospechaba que le habría dejado hacer lo que quisiera allí mismo, sobre la arena plateada, de no ser porque él, de pronto, la había apartado con una expresión en el rostro que ella recordaría mientras viviera.

–Eres una golfa –había dicho, con voz que temblaba de rabia y disgusto–. De tal madre, tal hija. Dos golfas asquerosas.

Keeley no había sabido hasta aquel momento cuánto podía doler el rechazo. Ni tampoco que alguien pudiera hacer que se sintiera tan sucia. Recordaba la vergüenza que la había invadido y le había hecho jurar que jamás volvería a colocarse en aquella posición. Nunca permitiría que volvieran a rechazarla así. Para colmo, al volver a Inglaterra, el estilo de vida de su madre le había pasado factura por fin y, de un modo u otro, ambas estaban pagando el precio desde entonces.

Apartó de su mente los recuerdos porque tenía todavía el pelo mojado y había empezado a temblar, así que se obligó a levantarse y entrar en el pequeño cuarto de baño, donde el chorro miserable de agua templada que caía de la ducha hizo poco por calentarle la piel. Pero frotarse con brusquedad con una toalla sí ayudó, como también la taza de té grande que se preparó después. Acababa de ponerse el uniforme cuando llamaron a la puerta. Frunció el ceño. Su círculo social era pequeño porque trabajaba muchas horas y pocas veces invitaba allí a gente. No quería que la juzgaran. Que pensaran por qué la hija única de un hombre rico y una actriz que había salido en una serie de películas de vampiros de bajo presupuesto había acabado viviendo en aquellas circunstancias.

Llamaron de nuevo con más fuerza y abrió la puerta. Se quedó atónita al ver a la persona que estaba al otro lado. El corazón le golpeó con fuerza en el pecho cuando miró a Ariston a los ojos y agarró el picaporte con fuerza. El pelo negro de él estaba mojado y se pegaba a su cabeza, y las gotas de lluvia salpicaban su abrigo. Keeley sabía que debía cerrarle la puerta en las narices, pero el poderoso impacto de su presencia le hizo dudar.

–¿Qué haces aquí? –preguntó con frialdad–. ¿Se te han ocurrido más insultos que has olvidado dedicarme antes?

Él curvó los labios en una especie de sonrisa.

–Creo que te has dejado esto.

Ella miró el chal de color crema y se le encogió el corazón. Había pertenecido a su madre. Era un chal suave de cachemira, con un bordado de rosas minúsculas y hojas verdes. Estaba viejo, pero le recordaba a la mujer que había sido su madre en otro tiempo y sintió un nudo en la garganta.

–¿Cómo has sabido dónde vivía? –preguntó.

–No ha sido difícil. Has firmado el libro de visitantes de la galería, ¿recuerdas?

–Pero no tenías que traerlo personalmente. ¿No podías pedirle a alguien que lo hiciera?

–Podía. Pero hay cosas que prefiero no delegar –Ariston la miró a los ojos–. Y además, yo creo que no hemos terminado nuestra conversación. ¿Y tú?

Keeley suponía que no, ya que, de algún modo, parecía haber muchas cosas que se habían quedado sin decir. Y quizá fuera mejor así. Sin embargo, algo le impedía cerrarle la puerta en las narices. ¿Quizá porque le había llevado el chal de su madre y porque estaba mojado? Tal vez él notó su vacilación, pues dio un paso al frente.

–¿No me vas a invitar a entrar? –preguntó con suavidad.

–Como quieras –repuso ella, como sin darle importancia.

Pero el corazón le latía con fuerza cuando se volvió y oyó que él cerraba la puerta y la seguía. Y cuando se giró y lo vio allí de pie, tan poderoso y tan viril, sintió los pechos calientes y pesados por el deseo. ¿Por qué él? ¿Por qué tenía que ser Ariston Kavakos el único hombre que la hiciera sentirse tan viva?

–Aunque si vas a intentar justificar tu comportamiento controlador, yo que tú no me molestaría.

–¿Y qué quieres decir con eso? –preguntó él.

–Quiero decir que has aparecido de pronto y has enviado a tu hermano de viaje solo para alejarlo de mí. ¿Eso no es un poco desesperado?

Él apretó los labios.

–Como ya te he dicho, tiene novia. Una joven de origen griego que acaba de licenciarse en Medicina y está a años de distancia de alguien como tú. Y por si te interesa, el negocio del Golfo es urgente y legal. Te haces demasiadas ilusiones si crees que yo fabricaría una catástrofe solo para apartarlo de tu compañía. Pero no te voy a mentir. No negaré que me alegro de que se vaya.

A Keeley le molestaban las palabras de él, aunque casi podía comprender su preocupación, porque el contraste entre la novia de Pavlos y ella no podía ser mayor. Podía imaginar cómo lo vería Ariston. La doctora profesional cualificada frente a alguien que había hecho pocos exámenes en su vida. Si se lo hubiera pedido amablemente, quizá Keeley habría hecho lo que él quería. Darle su palabra de que no volvería a ver a Pavlos, cosa que probablemente ocurriera de todos modos. Pero él no se lo pedía, se lo ordenaba. Y no la enfurecía tanto el desprecio de su mirada como su absoluta falta de respeto. Como si ella no significara nada. Como si sus sentimientos no contaran para nada. Como si tuviera que pagar el resto de su vida por un error de juventud. Levantó la barbilla.

–Si crees que puedes decirme lo que tengo que hacer, te equivocas –dijo–. Te equivocas de plano.

Ariston se puso tenso porque el desafío de ella lo excitaba y eso era lo último que quería. Había ido allí no solo por devolver el chal, sino porque una parte de él quería volver a verla, aunque se había convencido de que lo hacía para proteger a su hermano. Recordaba lo amigos que habían sido Pavlos y ella en aquellas vacaciones en la isla, cómo pasaban todo el día juntos. La gente decía que el pasado tenía tentáculos poderosos y sentimentales y ella había conocido a su hermano cuando era joven e influenciable. Mucho antes de que alcanzara los veinticinco años de edad y entrara en posesión del fondo de dinero que había cambiado la actitud de la gente para con él, porque la riqueza siempre hacía eso. ¿Podía Pavlos dejarse seducir por aquella rubia sensual y olvidar el futuro seguro que tenía ante sí? ¿Y si Keeley Turner se daba cuenta de que podía llegar a disponer de una fortuna si jugaba bien sus cartas?

Miró a su alrededor, sorprendido por el lugar. Porque aquello no era un estándar de vida bajo, era casi límite. Había imaginado plumas de pavo real y collares brillantes colgados sobre espejos. Paredes cubiertas de fotos antiguas que mostraban la fama, un poco chabacana, de su madre. Pero no había más que desnudez y un utilitarismo casi soso. El rasgo más sobresaliente era el de la limpieza. Apretó los labios. ¿Aquello era un complot inteligente destinado a ilustrar lo buena ama de casa que podía ser si un hombre poderoso la sacaba de allí y le daba la oportunidad?

Hacía lo posible por no mirarla mucho, porque mirarla aumentaba su deseo y un hombre pensaba más claramente cuando no tenía la sangre caliente por la lujuria. Pero ahora la miró con atención y por primera vez se dio cuenta de que llevaba una especie de uniforme. Frunció el ceño. Miró el vestido azul marino informe, con un borde azul más claro, y se fijó en una placa pequeña que mostraban un sol brillante y lo que parecía un muslo de pollo debajo de la palabra «Superahorro». Frunció los labios.

—¿Trabajas en una tienda? —preguntó.

Captó la indecisión que transmitió la mirada de ella, que acabó alzando un poco más la barbilla.

—Sí, trabajo en una tienda.

—¿Por qué?

—¿Por qué no? —replicó ella con rabia—. Alguien tiene que hacerlo. ¿Cómo crees tú que se llenan las estanterías de productos? O, espera, déjame adivinar. ¿Tú nunca haces la compra?

—¿Tú rellenas estanterías? —preguntó él con incredulidad.

Keeley respiró hondo. Si se hubiera tratado de otra persona, quizá habría contado la verdad sobre su madre y todos los demás temas oscuros que la habían obligado a tener que dejar tantos trabajos que, al final, el supermercado Superahorro había sido su única opción. Podía haberle explicado que hacía lo que podía para compensar por todos los años perdidos, estudiando mucho siempre que tenía un momento libre, y que estudiaba Contabilidad y Estudios Empresariales por Internet. Quizá hasta habría penetrado en las profundidades de su desesperación y transmitido la sensación de desesperanza que sentía cuando visitaba a su madre todas las semanas. Cuando veía cómo sus rasgos, antes llenos de vida, se habían convertido en una máscara inmóvil y sus ojos azules miraban fijamente al frente sin ver. Cuando, por mucho que rezara por que no fuera así, su madre no conseguía reconocer a la mujer joven a la que había dado a luz.

Keeley cerró brevemente los ojos y recordó la conversación incómoda que había sostenido la semana anterior con el encargado de la residencia. Este le había informado de que los gastos subían y no tendrían más remedio que subir el precio, y el Estado solo podía cubrir hasta cierto punto. Y cuando Keeley había intentado protestar por el traslado de su madre a aquel lugar cavernoso que era más barato pero estaba más lejos, el encargado se había encogido de hombros y le había dicho que la economía era así.

¿Pero por qué imaginar que Ariston Kavakos tendría otra cosa que un corazón frío e insensible? A él no le importarían sus problemas. El multimillonario controlador sin duda quería pensar lo peor de ella y Keeley dudaba de que su historia lacrimógena le hiciera cambiar de idea. De pronto sintió lástima de Pavlos. Qué horrible debía de ser tener un hermano que estaba tan decidido a organizar su vida que no podía permitirse la libertad de hacerse amigo de quien quisiera. El multimillonario seductor que tenía delante no era más que un megalómano rabioso.

–Sí, relleno estanterías –musitó–. ¿Tienes algún problema con eso?

Ariston quería decir que el único problema que tenía era con ella. Con su sensualidad innata, que conseguía traspasar incluso la ropa fea que llevaba.

O quizá era porque la había visto en traje de baño, con la tela mojada pegándose a todas sus curvas. Quizá lo que lo excitaba era saber qué cuerpo de lujo cubría aquel uniforme grande. Sin embargo, le causaba impresión descubrir cuán humildes eran sus circunstancias. Como cazafortunas, era mucho menos eficaz de lo que había sido su madre, o no habría acabado en un apartamento minúsculo trabajando en un supermercado a horas intempestivas.

Empezó a hacer cálculos mentales rápidos. Obviamente estaba arruinada y, por lo tanto, era fácilmente manipulable, pero también sentía que presentaba un tipo de peligro desconocido. Si no hubiera sido por Pavlos, habría combatido el deseo que sentía de besarla y se habría marchado a intentar olvidarla. Habría llamado a la deslumbrante supermodelo con la que había ido a la exposición fotográfica y le habría exigido que fuera a su lado.

Tragó saliva. La realidad era que la modelo parecía fácilmente prescindible comparada con Keeley Turner y su poco halagüeño uniforme. ¿Era el fuego que escupían sus ojos verdes, o el temblor indignado de sus labios lo que hacía que quisiera dominarla y subyugarla? ¿O simplemente que quería proteger a su hermano de alguien como ella? Había enviado a Pavlos lejos a lidiar con un problema, pero volvería. ¿Y cómo saber lo que podían hacer aquellos dos sin que él se enterara? ¿Aquella rubia etérea conseguiría tentar a su hermano a pesar de la encantadora joven que lo esperaba en Melbourne?

De pronto se le ocurrió una solución. Una solución tan sencilla que casi lo dejó sin aliento. Porque,

¿acaso los hombres Kavakos no eran muy territoriales? Pavlos y él no habían crecido compartiendo. Ni juguetes, ni ideas, ni mucho menos mujeres. La diferencia de edad había contribuido a eso tanto como las agitadas circunstancias de su infancia. Así que, ¿por qué no la seducía él antes de que su hermano tuviera oportunidad de hacerlo? A Pavlos no le interesaría una mujer que hubiera estado con él, por lo que sería un modo eficaz de apartarla de la vida de su hermano para siempre.

Ariston tragó saliva. Y el sexo quizá consiguiera borrarla de su mente de una vez por todas. Porque, ¿acaso no había sido todos esos años como una fiebre recurrente que todavía estallaba de vez en cuando? Era la única mujer a la que había besado y no se había acostado con ella, y quizá esa necesidad de perfección y terminación exigía que remediara dicha omisión.

Miró a su alrededor. Las finas cortinas de la ventana que daba a una calle lluviosa y la alfombra desgastada del suelo. Y de pronto comprendió que podía ser fácil. Siempre lo era con las mujeres cuando sacaba el tema del dinero. Apretó la mandíbula con amargura al recordar la transacción económica que lo había definido y condenado cuando no era más que un muchacho.

–¿Necesitas dinero? –preguntó con suavidad–. Me parece que sí, *koukla mou.*

–¿Me ofreces dinero para que me aleje de tu hermano? –ella lo miró de hito en hito–. ¿Eso no se conoce como chantaje?

–En realidad, te ofrezco dinero para que vengas a

trabajar para mí. Más dinero del que nunca podrías soñar.

—¿Quieres decir que tienes un supermercado y necesitas alguien que te rellene los estantes? —preguntó ella con sarcasmo.

Ariston estuvo a punto de sonreír, pero se obligó a apretar los labios antes de devolverle la mirada.

—Todavía no he tenido la tentación de invertir en supermercados —repuso con sequedad—, pero tengo una isla a la que de vez en cuando invito a gente. De hecho, mañana iré allí a preparar una fiesta.

—Me alegro por ti. Pero no veo qué tiene eso que ver conmigo. ¿Tengo que felicitarte por tener tantos amigos, aunque me cueste creer que tengas alguno?

Ariston no estaba acostumbrado a una reacción tan insolente, y jamás por parte de una mujer. Sin embargo, eso hacía que quisiera abrazarla y besarla con fuerza. Que quisiera empujarla contra la pared y oírla gemir de placer cuando le deslizara los dedos dentro de las bragas. Tragó saliva.

—Te lo digo porque, en los momentos ajetreados, siempre hay trabajo en la isla para la persona adecuada.

—¿Y tú crees que soy la persona adecuada?

—De eso no estoy muy seguro —él frunció los labios—, pero está claro que andas escasa de dinero.

—Supongo que, comparadas contigo, la mayoría de las personas andan escasas de dinero.

—Estamos hablando de tus circunstancias, Keeley, no de las mías. Y este apartamento tuyo es sorprendentemente humilde.

Keeley no lo negó. ¿Cómo iba a hacerlo?

–¿Y? –preguntó.

–Y siento curiosidad. ¿Cómo ha ocurrido esto? ¿Cómo pasaste de volar por Europa en aviones privados a esto? Tu madre tuvo que ganar bastante dinero enrollándose con hombres ricos y con su costumbre de dar entrevistas a la prensa. ¿No ayuda a financiar el estilo de vida de su hija?

Keeley lo miró de hito en hito. Estaba muy equivocado, pero ella no se lo diría. ¿Por qué iba a hacerlo? Algunas cosas eran demasiado dolorosas para contarlas, especialmente a un hombre frío e indiferente como él.

–Eso no es asunto tuyo –replicó, cortante.

Él la miró con expresión calculadora.

–Sea lo que sea lo que haces, está claro que no te funciona. ¿Por qué no quieres ganar más? –preguntó con suavidad–. ¿No te apetece una bonificación jugosa que pueda catapultarte fuera de la trampa de la pobreza?

Ella lo miró con recelo, intentando ahogar la esperanza repentina que embargaba su corazón.

–¿Haciendo qué? –preguntó.

Él se encogió de hombros.

–Tu casa está sorprendentemente limpia y ordenada, así que asumo que eres capaz de hacer trabajo de hogar. Y también asumo que puedes cumplir instrucciones sencillas y ayudar en la cocina.

–¿Y confías en mí tanto como para contratarme?

–No lo sé. ¿Puedo hacerlo? –Ariston la miró fijamente a los ojos–. Imagino que la razón de tu relativa pobreza es probablemente porque eres de poca confianza o te aburres fácilmente o las cosas no son tan fáciles como pensabas. ¿Tengo razón? ¿Has descubierto que no tienes tanto éxito de gorrona como tu madre?

—¡Vete al infierno! —exclamó ella.

—Pero sospecho que estarías dispuesta a dar el callo por un sueldo bueno —añadió pensativo—. ¿Qué tal si te ofrezco un mes en el servicio doméstico en mi propiedad griega y la oportunidad de ganar así un dinero que podría transformar tu vida?

A Keeley le latía con fuerza el corazón.

—¿Y por qué harías eso? —preguntó.

—Ya sabes por qué —repuso él con dureza—. No te quiero en Londres cuando vuelva Pavlos. Tiene que viajar a Melbourne dentro de dos semanas, espero que con un anillo de diamantes en el bolsillo. Y después de eso, ya me da igual lo que hagas. Llamémoslo una póliza de seguros, ¿te parece? Estoy dispuesto a pagar bien por alejarte de la vida de mi hermano.

Su desagrado la envolvía como agua sucia y Keeley quería decirle dónde podía meterse su oferta, pero no podía olvidar la voz en su cabeza que le decía que fuera realista. ¿Podía permitirse rechazar una oportunidad que probablemente no volvería a encontrar nunca solo porque despreciaba al hombre que la hacía?

—¿Tentada? —preguntó él.

Lo estaba, sí. Tentada de decirle que nunca había conocido a nadie tan grosero e insultante. Se sonrojó cuando se dio cuenta de que le ofrecía empleo de sirvienta. De alguien que se ensuciara las manos limpiando lo que mancharan sus invitados y él. Que cortara verduras y le cambiara las sábanas mientras él disfrutaba en la playa con quien le apeteciera, probablemente la pelirroja espectacular que lo había acompañado a la inauguración en la galería. Abrió la boca para decirle que prefería morir a aceptar su oferta, hasta que recordó que no podía permitirse el lujo de pensar solo en sí misma.

Miró uno de los agujeros de la alfombra y pensó en su madre y en las cosas que ella le pagaba, aunque su progenitora era totalmente ajena a ellas. La manicura semanal y una visita de la peluquera de vez en cuando para que se pareciera un poco a la mujer que había sido. Vivienne Turner no sabía que hacía eso por ella, pero Keeley lo hacía. A veces se estremecía al imaginar cuál habría sido la reacción de su madre si hubiera podido ver en una bola de cristal la vida que estaría condenada a llevar. Pero, por suerte, nadie tiene una bola de cristal. Nadie podía ver lo que le deparaba el futuro. Y cuando los parientes de otros pacientes o alguno de los empleados reconocía a la mujer que había sido en otro tiempo Vivienne Turner, a Keeley le enorgullecía que su madre tuviera el mejor aspecto posible, porque eso habría sido importante para ella.

–¿Cuánto me ofreces? –preguntó osadamente.

Ariston se tragó el desagrado que le produjo la pregunta, pues demostraba que la avaricia de Keeley era tan transparente como la de su madre. Frunció los labios. La despreciaba por todo lo que representaba. Pero su repulsión no conseguía matar su deseo por ella. Se le secó la boca al pensar en tenerla en su cama. Porque era inconcebible que volviera a Lasia y no se acostara con él. Eso cerraría aquel capítulo... para los dos. La recompensaría con dinero suficiente para que quedara satisfecha y ella se alejaría para siempre. Y lo más importante: Pavlos no volvería a verla.

Sonrió al mencionar una cantidad. Esperaba que ella mostrara gratitud y aceptara enseguida, pero, en lugar de eso, se encontró con una mirada de sus ojos verdes que era casi glacial.

–Quiero el doble –dijo con frialdad.

Ariston dejó de sonreír, pero sintió que su lujuria se intensificaba porque la actitud de ella implicaba que sería más fácil ejecutar su plan. Se recordó con amargura que se podía comprar a todas las mujeres. Solo había que ofrecer el precio correcto.

–Trato hecho –dijo con suavidad.

Capítulo 3

L ASIA ERA tan hermosa como Keeley la recordaba. Miró por la ventanilla del coche el cielo azul sin nubes y se dijo que no pensaría en el pasado. Había ido allí a trabajar para Ariston Kavakos y ganar dinero para su pobre madre arruinada. Fijó la vista en la línea azul oscuro del horizonte y se dijo que tenía que buscar lo positivo, no lo negativo.

Al bajar del avión en la única pista de aterrizaje de Lasia, la esperaba un coche de lujo. Durante el vuelo, se había preguntado si la recordaría alguno de los empleados, pero, por suerte, el chófer era nuevo para ella y se llamaba Stelios.

Parecía satisfecho de guardar silencio y Keeley no dijo nada mientras el potente automóvil se abría paso por las carreteras de montaña hacia el complejo de edificios del otro lado de la isla. Pero, aunque tranquila por fuera, temblaba por dentro por muchos motivos. Para empezar, había perdido su empleo en el supermercado. El dueño había reaccionado con incredulidad cuando le había pedido un mes de vacaciones sin paga y le había dicho que debía de estar loca si esperaba eso. Le había dicho que estaba en el trabajo equivocado. Pero eso Keeley ya lo sabía porque, por mucho que se esforzara, nunca encajaba, ni allí ni en ninguna parte. Y desde luego, tampoco en aquella isla privada que exudaba riqueza y privilegios. Donde yates de lujo se balanceaban en el mar azul con el mismo descuido que si fueran juguetes de bebé en una bañera. Se inclinó hacia delante para ver bien cuando el automóvil dobló un recodo e inició el descenso hacia el complejo que había visto por última vez a los dieciocho años y parpadeó sorprendida porque todo parecía muy distinto.

Bahía Assimenos no. Eso no había cambiado. La cala natural, con su arena plateada, era tan espectacular como siempre, pero la mansión de la playa ya no existía y en su lugar se levantaba un edificio imponente, que parecía formado principalmente por cristal. Moderno y magnífico, sus paredes transparentes y ventanas curvas reflejaban los distintos tonos del mar y el cielo, de tal modo que la primera impresión de Keeley fue que todo era muy azul.

«Tan azul como los ojos de Ariston», pensó. Y se apresuró a recordar que no estaba allí para fantasear con él.

Y entonces, como si lo hubiera conjurado con la imaginación, vio al magnate griego de pie en una de las amplias ventanas del primer piso de la casa. La observaba inmóvil como una estatua. Keeley se estremeció, porque, a pesar de la distancia, él lo dominaba todo. Aunque estaba rodeada de tanta belleza natural, le costó un gran esfuerzo dejar de mirarlo. ¿Acaso no había aprendido del pasado? Tenía que conseguir permanecer inmune a él y a su carisma. Tenía que probar que ya no lo deseaba porque no le gustaban los multimillonarios crueles que la trataban sin ningún respeto.

El coche se detuvo y Stelios abrió la puerta y Keeley salió al patio bañado por el sol. El aire olía a limones, a pino y a mar.

—Ahí está Demetra —dijo Stelios.

Una mujer madura con un uniforme blanco se acercaba a ellos.

—Es la cocinera —explicó el chófer—, pero básicamente está al cargo de la casa. Hasta Ariston la escucha cuando habla. Te mostrará tu habitación. Tienes mucha suerte de quedarte aquí —observó—. Todos los demás empleados viven en el pueblo.

—Gracias —Keeley lo miró sorprendida—. Hablas un inglés perfecto.

—Viví un tiempo en Londres. Era taxista —Stelios sonrió—. Aunque al jefe no le gusta que lo diga mucho.

No, seguro que no. Keeley estaba segura de que un maniático del control como Ariston preferiría un chófer silencioso. Alguien que pudiera oír las conversaciones de sus huéspedes de habla inglesa en caso de necesidad. Pero captó el afecto con que el chófer hablaba de su jefe y se preguntó qué habría hecho este para merecerlo, aparte de haber nacido rico.

Sonrió cuando se acercó la cocinera, pues sabía que era importante sentirse aceptada por las personas con las que iba a trabajar y demostrar que no la asustaba el trabajo duro.

—*Kalispera*, Demetra —dijo. Le tendió la mano—. Soy Keeley Turner.

–*Kalispera* –repuso la cocinera, que parecía complacida–. ¿Hablas griego?

–Muy poco. Solo un par de frases. Pero me encantaría aprender más. ¿Tú hablas inglés?

–Sí. Al señor Kavakos le gusta que todos sus empleados hablen inglés –dijo Demetra con una sonrisa–. Nos ayudamos unos a otros. Ven. Te mostraré tu casa.

Keeley la siguió por un sendero estrecho de arena que llevaba directamente a la playa, hasta que llegaron a una casita pintada de blanco. Oía las olas chocando en la playa y veía el brillo del sol en el agua, pero, incluso rodeada por tanta belleza, solo podía recordar el escándalo y el caos. Porque había sido cerca de allí donde Ariston la había tomado en sus brazos, solo para rechazarla poco después. Cerró los ojos. ¿Cómo podía ser tan vivo el recuerdo de algo que había pasado tanto tiempo atrás?

–¿Te gusta? –preguntó Demetra, que seguramente interpretaba mal su silencio.

–Oh, sí. Es preciosa –se apresuró a contestar Keeley.

Demetra sonrió.

–Toda Lasia es preciosa. Ven a la casa cuando estés lista y te lo enseñaré todo.

Cuando se quedó sola, Keeley entró en la casita, dejando la puerta abierta para oír las olas mientras exploraba su nuevo hogar.

No tardó mucho en hacerlo. La casa, aunque pequeña y compacta, era más grande que su hogar en Londres. Había una sala de estar y una cocina pequeña abajo, y un dormitorio y un cuarto de baño arriba. Este último era bastante sofisticado, y toda la casa era sencilla y limpia, con paredes blancas y desprovistas de decoración. Y la luz que entraba en todas las estancias era increíble. Brillante y clara, acompañada por el reflejo danzarín de las olas. ¿Quién necesitaba cuadros en las paredes si tenía eso?

Deshizo el equipaje, se duchó y se puso pantalones cortos y una camiseta. Se disponía a bajar cuando vio que Ariston caminaba hacia la casita y no pudo evitar que el corazón le latiera con fuerza.

Quería volverse. Cerrar los ojos e ignorarlo, pero también quería mirarlo. Ver el modo en que contrastaba la camiseta con la piel verde oliva. Ver la estrecha franja de piel que aparecía encima de la cintura de los vaqueros. Porque aquel era el Ariston que recordaba, no el del traje sofisticado que parecía constreñirlo, sino el que daba la impresión de que acabara de terminar de trabajar en uno de sus barcos de pesca.

Era el macho más alfa que había visto, pero era fundamental que no supiera que ella pensaba así. Tendría que mostrarse indiferente con él, no dejar entrever lo que sentía. Tenía que fingir que él era como cualquier otro hombre, aunque no lo era. Porque ningún otro hombre le había hecho sentir aquello. Respiró hondo. Lo más importante que debía recordar era que él no le gustaba como persona.

—Aquí estás —observó él.

—Aquí estoy —ella tiró de su camiseta hacia abajo—. Pareces sorprendido.

—Puede que lo esté. Pensaba que podías cambiar

de idea en el último momento y no molestarte en venir.

–¿Debería haberlo hecho? –ella le lanzó una mirada interrogante–. ¿Habría sido más inteligente rechazar tu generosa oferta y seguir con mi vida?

Mientras ella lo miraba con sus ojos verdes brillantes como los de un gato, Ariston pensó su respuesta. Si le hubiera importado ella, tendría que decirle que sí, que debería haberse quedado fuera de su isla y de la órbita de un hombre como él. Pero la cuestión era que ella no le importaba. Era una mercancía. Una mujer a la que tenía intención de seducir y terminar lo que había empezado tantos años atrás. ¿Por qué ponerla en guardia contra algo que les iba a producir mucho placer a ambos?

Miró su cabello, espeso y claro, que le colgaba en una trenza retorcida sobre un hombro, y se preguntó por qué le resultaba tan difícil apartar la vista de ella. Había conocido mujeres más hermosas. Desde luego, había conocido mujeres más apropiadas que una chica que se dejaba conquistar por dinero. Pero saber eso no disminuía el impacto que le producía ella. Sus pechos exuberantes presionaban una camiseta del color de los limones que reían en las colinas detrás de la casa y unos pantalones cortos de algodón rozaban sus caderas y piernas bien formadas. Se había puesto unas chanclas brillantes y daba una imagen despreocupada y joven, como si no hubiera hecho el más mínimo esfuerzo para impresionarlo con su aspecto, y lo inesperado de eso hacía que la deseara todavía más.

–No, creo que estás en el lugar adecuado –contestó–. Vamos a la casa y te la enseño. Verás que las cosas han cambiado bastante desde la última vez que estuviste aquí.

–No tienes por qué hacer eso –repuso ella–. Demetra se ha ofrecido ya.

–Pero ahora te lo ofrezco yo.

Ella inclinó la cabeza a un lado.

–¿No sería más apropiado que eso lo hiciera otro empleado? Seguro que hay muchas otras cosas que prefieres hacer. ¡Un hombre tan ocupado como tú, con un gran imperio que dirigir!

–Me da igual que sea o no apropiado, Keeley. Soy un jefe muy activo.

–Y lo que tú dices va a misa, ¿verdad?

–Exactamente. ¿Por qué no lo aceptas y haces lo que digo?

Keeley pensó con rabia que era tan mandón que resultaba ridículo. ¿No se daba cuenta de lo anticuado que sonaba cuando hablaba así? Pero aunque no le gustaba su actitud, no podía negar el efecto que tenía en ella. Era como si su cuerpo hubiera sido programado para responder al dominio masculino de él y no pudiera hacer nada para evitarlo. Cerró la puerta de la casita y lo siguió por la playa hacia la casa grande.

–¿Hay algo que quieras preguntar? –preguntó él por el camino.

Había un millón de cosas. Quería saber por qué seguía soltero con treinta y cinco años cuando era uno de los mejores partidos del mundo. Quería saber por qué era tan duro, frío y orgulloso. Quería saber si reía alguna vez y, en caso afirmativo, qué le hacía reír. Pero reprimió todas esas preguntas porque no tenía derecho a hacerlas.

—Sí —dijo—. ¿Por qué derribaste la otra casa?

Ariston sintió que le latía el pulso en la sien. ¡Qué irónico que ella hubiera elegido un tema que todavía le hacía sentirse incómodo! Recordó la incredulidad de todos cuando había dicho que iba a demoler una casa que tenía mucha historia. La gente había creído que obraba llevado por la pena de la muerte de su padre. Pero no había tenido nada que ver con eso. Para él había sido un renacimiento necesario. ¿Debía decirle que le habría gustado borrar el pasado junto con aquellos muros que caían? ¿Que había querido olvidar la casa en la que su madre había jugado con él hasta el día en que se había marchado, dejándolos a Pavlos y a él al cuidado de su padre? ¿Que quería olvidar también las fiestas y el apestoso olor a marihuana y a las mujeres que llegaban desde toda Europa para entretener a su padre y a los hastiados amigos de su padre? ¿Por qué le iba a decir eso a Keeley Turner si su madre y ella habían sido ese tipo de mujeres?

—Nueva era —repuso con una sonrisa de dureza—. Cuando murió mi padre, decidí que tenía que hacer algunos cambios. Dejar mi marca aquí.

Ella miró la ancha estructura de cristal.

—Pues, desde luego, lo has hecho.

Ariston sintió placer por el cumplido. Y no pudo evitar pensar cuánto le gustaría oír aquella voz suave susurrándole cosas muy distintas al oído. Se preguntó si sería una de aquellas mujeres que hablaban durante el sexo. ¿O guardaba silencio hasta que llegaba al orgasmo y daba respingos de placer en el oído del hombre? Curvó los labios en una sonrisa. Estaba deseando averiguarlo.

Le hizo señas de que caminara delante, aunque el movimiento oscilante del trasero femenino hacía que le resultara difícil concentrarse en la gira. Le mostró la cancha de tenis, el gimnasio, su despacho y dos salas de recepción, pero optó por no llevarla arriba, a los siete dormitorios con baño incorporado ni, por supuesto, a su suite. Demetra le enseñaría todo eso más tarde.

Al final la llevó a la sala de estar principal, que era el punto central de la casa, y observó atentamente su reacción cuando vio las vistas al mar que dominaban tres de las enormes paredes de cristal. Ella permaneció un momento inmóvil. No pareció fijarse en los carísimos huevos de Fabergé que había en una de las mesitas bajas, ni en la rara escultura de Lysippos que había comprado él en una casa de subastas en Nueva York y que había establecido su reputación de conocedor de arte.

—Guau —dijo ella—. ¿A quién se le ocurrió esto?

—Pedí al arquitecto que me diseñara algo que realzara las vistas y que hiciera que cada estancia fluyera hacia la siguiente —dijo él—. Quería luz y espacio por todas partes, para que, cuando esté trabajando, no parezca que estoy en la oficina.

—No imagino ninguna oficina así. Es... Bueno, es el lugar más impresionante que he visto —se volvió hacia él—. El negocio familiar debe de marchar bien.

—Muy bien —repuso él.

—¿Seguís construyendo barcos?

Él enarcó las cejas.

—¿Mi hermano no te lo dijo?

—No, no me lo dijo. Casi no tuvimos tiempo de saludarnos antes de que te lo llevaras.

—Sí, seguimos construyendo barcos —contestó él—. Pero también hacemos vinos y aceite dc oliva en el otro lado de la isla, que, sorprendentemente, han tenido mucho éxito en lugares de todo tipo. Hoy en día la gente valora los productos orgánicos y los productos Kavakos están en las listas de la compra de la mayoría de los grandes chefs mundiales.

Enarcó las cejas.

—¿Hay algo más que quieras saber?

Ella se frotó las manos en los pantalones cortos.

—En Inglaterra dijiste que esperabas invitados este fin de semana.

—Así es. Dos de mis abogados llegarán mañana desde Atenas a la hora del almuerzo y hay cinco personas que vienen el fin de semana a una fiesta.

—¿Y son griegos?

—Internacionales —gruñó él—. ¿Quieres saber quiénes son?

—¿No es de buena educación saber los nombres de la gente por adelantado?

—¿Y útil para intentar descubrir cuánto dinero tienen? —preguntó él—. Viene Santino di Piero, el magnate inmobiliario italiano, con su novia Rachel. También viene un amigo mío de hace tiempo, Xenon Diakos, que por alguna razón ha decidido traer a su secretaria. Creo que se llama Megan.

—Son cuatro —dijo ella, decidida a no reaccionar a los comentarios desagradables de él.

–Y la última invitada es Bailey Saunders –comentó él.

–Su nombre me resulta familiar –Keeley vaciló–. Es la mujer a la que llevaste a la exposición de fotografía, ¿verdad?

–¿Importa eso, Keeley? –preguntó él–. ¿Crees que es asunto tuyo?

Ella negó con la cabeza. No sabía por qué había mencionado aquello y, después de hacerlo, se sentía estúpida y vulnerable. Avergonzada por su curiosidad y enfadada por los celos que le enrojecían la piel, se acercó a la ventana y miró fuera sin ver. ¿Tendría que estar días viendo cómo se besaba Ariston con una mujer hermosa? ¿Verlos juguetear en la piscina o besarse en la playa a la luz de la luna? ¿Tendría que cambiar sus sábanas por la mañana y ver por sí misma las pruebas de su pasión compartida? Sintió un escalofrío de repulsa y rezó para que no se notara. ¿Y qué si tenía que lidiar con todo eso? Ella no era nada de Ariston y, si olvidaba eso, iba a tener un mes muy difícil por delante.

–Por supuesto que no es asunto mío –respondió–. No pretendía...

–¿No pretendías qué? ¿Descubrir si tengo novia? ¿Averiguar si estoy disponible? No te preocupes. Estoy habituado a que las mujeres hagan eso.

Keeley se esforzó por decir algo convencional. Algún comentario ingenioso que pudiera disolver la tensión súbita que se había instalado entre ellos. Por actuar como si no le importara o reñirlo por su arrogancia. Pero él estaba tan cerca, que ella no podía pensar y, además, no se sentía capaz de hablar con convicción. Como no parecía capaz de prevenir que él le hiciera sentirse como si su cuerpo ya no le perteneciera y respondiera silenciosamente a cosas con las que ella solo había soñado.

Alzó la vista al rostro de él y descubrió que sus ojos se habían vuelto neblinosos y fue como si él leyera sus pensamientos, porque de pronto levantó la mano, la posó en la cara de ella y sonrió. No era una sonrisa especialmente agradable, pero la sensación de su contacto aceleró los sentidos de Keeley. Él acarició con el pulgar el labio inferior, que empezó a temblar de un modo incontrolable. Eso era lo único que hacía y, sin embargo, lograba que ella quisiera derretirse. La excitaba más a cada segundo que pasaba y seguramente se notaba. Sus pezones se habían endurecido y un dolorcillo húmedo cubría su bajo vientre.

¿Él se daba cuenta de eso? ¿Por eso la atraía hacia sí? La abrazaba como si tuviera algún derecho a hacerlo. La miraba con ojos ardientes y ella sentía la suavidad de su cuerpo moldeándose perfectamente con la dureza del de él.

Ariston la besó en los labios y Keeley se estremeció porque aquel beso no se parecía a ningún otro. Era como todas las fantasías que había tenido ella. ¿Y no era cierto que sus fantasías siempre estaban relacionadas con él? La besó lentamente y luego la besó con fuerza. La besó hasta que ella se retorció, hasta que creyó que iba a gritar de placer. Sentía la oleada de calor y el clamor de la frustración y quería entregarse a esa sensación. Echarle los brazos al cuello y dejarse llevar por el deseo. Susurrarle al oído que hiciera lo que quisiera. Lo que quería ella. Lograr que apaciguara aquel dolor terrible en su interior, como sospechaba que solo él podía hacerlo.

¿Y luego qué? ¿Dejar que la llevara a su cama aunque sabía cuánto la despreciaba? ¿Aunque Bailey Saunders llegara dos días después? Porque aquella gente funcionaba así. Ella había visto por sí misma el mundo en el que vivía él. Lo que se conseguía fácil, se abandonaba fácil.

No significaba nada. Ella no significaba nada. ¿Acaso no había dejado Ariston eso muy claro? Y para alguien como ella, que ya tenía poca autoestima, sería una locura hacer algo así.

–¡No! –Se apartó y retrocedió un par de pasos–. ¿Qué demonios te crees que haces para echarte sobre mí de ese modo?

Él soltó una risita teñida de frustración.

–Oh, por favor –gruñó–. Por favor, no insultes mi inteligencia. Tú estabas caliente y deseosa. Querías que te besara y yo he cumplido tu deseo encantado.

–Yo no quería –replicó ella.

–Oh, Keeley, ¿por qué negar la verdad? Eso no está bien. Yo valoro mucho la sinceridad en mis empleados.

–Y seguro que cruzar límites físicos con tus empleados es un comportamiento inaceptable en cualquier jefe. ¿Te has parado a considerar eso?

–Quizá si dejaras de mirarme de un modo tan invitador, yo podría dejar de responder como un hombre en lugar de como un jefe.

–¡Yo no hago eso! –exclamó ella con indignación.

–¿Seguro? No te mientas a ti misma.

Keeley se mordió el labio. ¿Lo había mirado de un modo invitador? El corazón le latió con fuerza. Claro que sí. Y si era totalmente sincera, ¿acaso no había querido que la besara desde que lo había visto de pie en la ventana de su mansión de cristal, con su poderoso físico dominándolo todo a su alrededor? Y ella no podía permitirse sentir eso. Estaba allí para ganar un dinero que la ayudara a cuidar de su madre, no para enredarse con un machista como Ariston y que le rompieran el corazón en el proceso.

Respiró hondo y se esforzó por intentar parecer que estaba en control de sus emociones.

—No puedo negar que hay una atracción entre nosotros —dijo—, pero eso no significa que vayamos a hacer algo con ella. No solo porque seas mi jefe y no es lo más apropiado, también porque ni siquiera nos caemos bien el uno al otro.

—¿Y qué tiene que ver eso con esto?

—¿Lo dices en serio?

—Muy en serio —él se encogió de hombros—. En mi experiencia, un poco de hostilidad siempre añade un toque picante. ¿Tu mamá no te ha enseñado eso?

El insulto implícito hizo que Keeley quisiera pegarle y decirle que se guardara sus opiniones para sí porque no sabía lo que decía. Pero no se arriesgó a acercarse a él porque tocarlo era desearlo y no podía permitirse volver a colocarse en esa posición. Él le había pedido sinceridad, ¿no? Pues se la daría.

—No tengo intención de acercarme a ti, Ariston. Principalmente porque no eres el tipo de hombre que me gusta —dijo despacio—. He venido aquí para ganar dinero y eso es lo único que pienso hacer. Trabajaré

duro y me mantendré alejada de ti todo lo posible.
No tengo intención de volver a colocarme en una
posición de vulnerabilidad.

Forzó una sonrisa y habló como lo haría una humilde empleada.

–Así que, si me disculpas, voy a ver si Demetra
quiere que haga algo en la cocina.

Capítulo 4

ELLA LO volvía loco.

Loco.

Ariston tragó aire con fuerza y se hundió en las aguas oscuras de un mar que empezaba a brillar por efecto del sol que subía por el horizonte. Era demasiado temprano para que hubiera alguien más por allí. Los empleados no se habían levantado aún y las contraventanas de la casita de Keeley estaban cerradas. Y eso era una buena metáfora de lo que ocurría entre ellos. Para ser un hombre tan seguro de su poder sexual sobre las mujeres, y con buenas razones, las cosas con Keeley Turner no habían salido según lo acordado.

Nadó un rato bajo la superficie del agua, tratando de librar a su cuerpo de una parte de la energía nerviosa que se había ido acumulando en su interior, pero aquello era más fácil decirlo que hacerlo. Dormía mal, con imágenes de Keeley atormentando sus sueños eróticos y frustrantes. Porque descubría con incredulidad que ella había hablado en serio y, a pesar de la química sexual que chisporroteaba potente entre ellos, lo mantenía a distancia. Ariston al principio había pensado que ese comportamiento formaba parte de un juego destinado a tenerlo en ascuas. Pero ella no había relajado su actitud hacia él. La relación entre ellos seguía un camino formal y muy poco satisfactorio.

Keeley le preguntaba amablemente si quería café o pan o agua o lo que fuera. Mantenía la vista baja siempre que se cruzaban sus caminos. Y aunque le había dicho muchas veces que podía tutearlo en público, ella había hecho oídos sordos. Aquella mujer era un enigma. ¿De verdad era inmune a las miradas de admiración que le habían lanzado sus abogados de Atenas cuando habían llegado a Lasia para el almuerzo, o era una actriz muy lista que conocía bien el poder de su belleza? Actuaba como si estuviera hecha de mármol, cuando él sabía de cierto que, debajo de aquel exterior frío, latía un corazón apasionado.

Ariston había creído que ella sucumbiría pronto. Que el recuerdo del beso que habían compartido el primer día la empujaría a sus brazos a terminar lo que habían empezado.

Porque aquel beso había sido lo más erótico que le había pasado a él en mucho tiempo, pero no había llevado a ninguna parte, y aunque no era un hombre acostumbrado a que le negaran lo que deseaba, eso era lo que ocurría. Se había mostrado algo distante con ella, con intención de indicar su desaprobación de las mujeres que jugaban con los hombres, pensando que así ella entendería que empezaba a perder la paciencia. Había imaginado que lo encontraría solo en algún momento, que le bajaría la cremallera de los pantalones y lo tocaría donde ansiaba que lo tocaran. Tragó saliva. Cualquier otra mujer lo habría hecho. Y Keeley tenía antecedentes en ese campo. Si todo hubiera ido acorde con su plan, tendría que haberse acostado ya con ella y haber disfrutado varias sesiones de sexo espectacular. De hecho, ya debería haberse aburrido de la adoración inevitable de ella y su único dilema debería ser ya buscar el mejor modo de decirle que se había terminado.

Pero las cosas no habían salido así.

Ella se había volcado en su trabajo con un entusiasmo que lo había sorprendido. ¿Rellenaba los estantes de los supermercados con la misma pasión? Demetra le había comunicado que era una alegría tener a la joven inglesa en la cocina y en la casa. ¿Una alegría? Hasta el momento, él había visto pocas muestras de eso.

¿La actitud fría de ella estaba destinada a avivar su apetito sexual? Porque, si era así, funcionaba. A Ariston le subía la presión arterial cada vez que ella salía a la terraza con su uniforme blanco. El vestido blando de algodón le daba un aire de pureza y su cabello rubio iba recogido en un moño serio, que le hacía parecer la sirvienta perfecta. Pero el brillo del fuego en sus ojos verdes cada vez que se veía obligada a mirarlo a los ojos era inconfundible, como si lo retara a volver a acercarse a ella.

Ariston empezó a nadar con fuerza hacia la orilla. Ya salía el sol y era hora de afrontar un nuevo día y hacer de anfitrión. Habían llegado cuatro invitados, pero Bailey Saunders ya no estaba en la lista. La había llamado un par de días atrás para pedirle que aplazara la visita y ella había aceptado. Por supuesto que sí. Las mujeres siempre lo hacían. Echó a andar por la arena con una punzada de anticipación. Quizá era hora de que Keeley Turner entendiera que era inútil resistirse a lo inevitable.

–¿Quieres llevar el café, Keeley? –preguntó Demetra, señalando la bandeja cargada.

–Por supuesto –repuso la joven–. ¿Pongo algunas galletitas de limón en un plato?

–Muy bien.

Keeley comprobó automáticamente que llevaba todo lo necesario y sacó la bandeja a la terraza. Era un viaje más hasta la mesa colocada al lado de la enorme piscina, donde Ariston terminaba un almuerzo largo con sus glamurosos invitados.

Se mordió el labio inferior. Había hecho todo lo posible por apartarlo de su mente, por evitarlo siempre que podía y concentrarse en sus tareas, decidida a hacer un trabajo del que pudiera enorgullecerse. Quería borrar la impresión negativa que él tenía de ella y mostrarle que podía ser sincera, trabajadora y decente. Estaba igualmente decidida a no suscitar las sospechas de la gente con la que trabajaba. Le gustaban Demetra y Stelios y le gustaban también los empleados extra que habían contratado en el pueblo cercano para ayudar con la fiesta. No quería que pensaran que tenía algo con el jefe. Quería que la vieran como a una inglesa servicial que estaba dispuesta a cumplir con su parte del trabajo.

El sol brillaba con fuerza cuando sacó el café fuera, adonde estaban los cinco sentados con los restos de la comida que les había servido. Xenon, Megan, Santino, Rachel y Ariston. Se los habían presentado el día anterior y todos parecían del mundo de la jet set con el que ella ya no se relacionaba. Había olvidado esa vida en la que las mujeres se cambiaban de rompa cuatro veces al día y gastaban más en un sombrero de paja que Keeley en todo su guardarropa de verano. Se mostraba tan educada y humilde como requería su posición, pero sabía bien que, como empleada, resultaba prácticamente invisible. Rachel era la única que la trataba como a una persona real y siempre se esforzaba por conservar algo cuando se veían.

Las largas piernas bronceadas de Rachel estaban extendidas ante sí y sonrió cuando vio que Keeley se acercaba con la cafetera de plata brillando al sol.

–¡Oh, qué rico! Me encanta este café griego tan espeso y tan dulce –dijo. Tomó una tacita de la bandeja–. Gracias, Keeley. ¿Es posible tomar más agua con gas? Hoy hace mucho calor. Debes de estar asada con ese uniforme –observó con el ceño fruncido–. ¿Ariston te permite refrescarte en la piscina o es demasiado estirado para eso?

–Oh, Keeley sabe que puede utilizar todo lo que hay aquí cuando no está trabajando –murmuró Ariston–. Pero decide no aprovechar esa ventaja, ¿no es así, Keeley?

Todos la miraron y Keeley fue muy consciente de que tanto Rachel como Megan llevaban caftanes de gasa encima de biquinis minúsculos y ella llevaba un uniforme que hacía que se sintiera demasiado vestida y le daba calor. Todos los empleados de Ariston llevaban uniforme, pero el de ella resaltaba su figura y eso no le gustaba. Era lo único que había heredado de su madre sobre lo que no podía hacer nada. Porque, por mucho que intentara disfrazar su figura con ropa amplia, su pecho siempre parecía demasiado grande y la curva de sus caderas demasiado ancha, y el uniforme se pegaba precisamente donde ella no quería que se pegara.

–Tengo un océano enorme en la puerta de mi casa si me apetece nadar –repuso–. Pero cuando no estoy trabajando, casi siempre estoy delante del ordenador.

Como vio que la miraban con aire interrogante, se sintió obligada a dar algún tipo de explicación.

–Estudio Empresariales –añadió.

–Eso es muy admirable por tu parte, pero tienes que tomarte tiempo libre alguna vez –Rachel miró a Ariston–. ¿Tú no has dicho que Bailey no vendrá este fin de semana?

–No va a venir, no –repuso Ariston.

–¿O sea que habrá una mujer menos en la mesa? –insistió Rachel.

–Oh, estoy seguro de que podrás lidiar con eso –intervino Santino–. ¿Desde cuándo te preocupa que no seamos pares, querida? Siempre parece que tienes conversación de sobra para compensar por los huéspedes ausentes.

–Eso es cierto –Rachel sonrió–. ¿Pero por qué no se une Keeley?

Ariston se quitó las gafas de sol y lanzó una mirada insondable a Keeley.

–Sí –dijo con suavidad–. ¿Por qué no cenas luego con nosotros?

Keeley negó con la cabeza.

–No, de verdad. No puedo.

–¿Por qué no? Te doy permiso para tomarte la noche libre. De hecho, considéralo una orden –la sonrisa de Ariston era dura y decidida–. Estoy seguro de que tenemos empleados suficientes para que no te echemos de menos como camarera.

–Es usted... muy... amable, pero... –Keeley dejó la última de las tazas de café en la mesa con dedos temblorosos–. No tengo nada apropiado que ponerme.

Había hecho mal en decir aquello. ¿Por qué no se había limitado a negarse con firmeza?

–No te preocupes. Creo que tenemos la misma talla –dijo Megan–. Te puedo prestar algo. Di que sí. Has trabajado tanto que te mereces un descanso. Y para mí será un placer prestarte algo.

Las dos invitadas se mostraban tan empeñadas en hacerle cambiar de idea, que Keeley empezaba a molestarse. Sabía que solo pretendían ser amables, pero ella no quería su amabilidad. Le parecía condescendencia y, peor aún, hacía que se sintiera vulnerable. Pensaban que le hacían un regalo, pero en realidad la empujaban hacia Ariston y ella no quería eso. Pero no podía decirles la razón de su negativa. No podía confesar que le preocupaba la posibilidad de acabar en la cama con su jefe. Y en último extremo, era inútil resistirse porque eran cinco contra uno y no había modo de librarse.

«Solo vas a cenar con ellos, nada más», se recordó esa tarde, debajo de la ducha. Lo único que tenía que hacer era ponerse un vestido prestado e intentar mostrarse agradable. Podía marcharse cuando quisiera. No tenía que hacer nada que no quisiera.

Y así fue como se encontró caminando hacia la terraza, ataviada con el único vestido de Megan que le valía y que era un tipo de ropa que ella jamás habría elegido llevar. Era demasiado delicado. Demasiado femenino. Demasiado... revelador. Rosa y suave, con un corpiño de corte baño que resaltaba sus pechos y con la falda ciñéndose a sus caderas exactamente del modo en que ella no quería. Y como no estaba ciega ni era tonta, había visto a Ariston mirarla cuando salió a la terraza iluminada por velas. Y había visto el modo instintivo en que había entornado los ojos, lo cual había hecho que a ella se le endurecieran los pechos.

Tenía la garganta tan seca que bebió media copa de champán muy deprisa y se le subió directamente a la cabeza. Eso le calmó los nervios, pero tuvo también el efecto no deseado de suavizar su reacción a su jefe griego, porque, naturalmente, se encontró sentada a su lado. Se dijo que no se dejaría afectar por él. Que era un manipulador insensible que no tenía en cuenta sus sentimientos. Pero, por alguna razón, sus pensamientos no llegaban hasta su cuerpo, que parecía tener voluntad propia.

Keeley lo sentía así en la oleada pesada de sangre a sus pechos y en su desasosiego siempre que Ariston la miraba, cosa que parecía hacer mucho más de lo necesario. Y si eso no fuera ya bastante malo, le costaba adaptarse a aquella inesperada cena social. Hacía mucho tiempo que no asistía a una tan lujosa y nunca había ido por sí misma. Antes siempre la habían invitado por su madre, pero aquello era diferente. Ya no tenía que mirar por el rabillo del ojo si su madre hacía algo escandaloso, ni tenía que pensar ansiosamente si conseguiría llevarla a casa sin que se pusiera en ridículo. Esa vez la gente parecía interesada en ella, y Keeley no quería que fuera así. ¿Qué podía decir de sí misma aparte de que había hecho una serie de trabajos menores porque eran los únicos que podía encontrar después de una educación dejada a medias que no le había permitido cualificarse en nada?

Pasó la velada bloqueando preguntas, algo que había aprendido a hacer con los años, de modo que, cuando le hacían una pregunta personal, le daba la vuelta y cambiaba rápidamente de tema. Se había vuelto muy ducha en el arte de las evasivas, pero esa noche parecía que tenía el efecto contrario al esperado. ¿Eran sus vaguedades la razón por la que Santino empezó a monopolizarla la segunda parte de la velada, mientras el rostro contraído de Rachel parecía indicar que lamentaba su decisión impetuosa de haber pedido que se uniera a ellos? Keeley sentía deseos de levantarse y anunciar que no sentía ningún interés por el hombre de negocios italiano, que había solo un hombre en la mesa que atrajera su atención y tenía que esforzarse mucho para no sentirse fascinada por él. Porque esa noche Ariston estaba fabuloso, con un aspecto tradicional y tremendamente viril. El cuello de su camisa blanca estaba desabrochado y mostraba un triángulo sedoso de piel aceitunada, y sus pantalones oscuros estrechos realzaban sus piernas largas y la fuerza poderosa de sus muslos.

Y la observaba todo el rato con tal intensidad que

ella casi no podía comer. Le ponían delante un plato tras otro de comida deliciosa, pero no podía hacer mucho más que jugar con ella en el plato.

–¿Te diviertes, Keeley? –preguntó Ariston con suavidad.

–Mucho –repuso ella, sin importarle que él oyera la mentira en su voz.

¿Qué más podía decir? ¿Que sentía cosquilleos en la piel cada vez que la miraba? ¿Que su perfil le parecía lo más hermoso que había visto en su vida y no deseaba otra cosa que mirarlo eternamente?

Rompió el molde de su velada de Cenicienta al retirarse mucho antes de la medianoche. En cuanto el reloj dio las once, se puso en pie y dio amablemente las gracias por una cena encantadora. Consiguió mantener la cabeza alta hasta que salió de la terraza, pero cuando ya no podían verla, echó a correr. Pasó de largo por su casita y siguió corriendo hasta la playa, contenta de llevar sandalias cómodas debajo del vestido largo. Y contenta también de que las olas golpearan la arena y el ruido apagara el golpeteo de su corazón. Sujetó el dobladillo del vestido, se apartó un poco para que el agua no tocara la tela y se quedó mirando las olas iluminadas por la luna.

Recordó lo que había sentido cuando la habían despedido del supermercado justo antes de volar a Lasia y la había invadido la sensación de no tener un lugar real en el mundo. En aquel momento volvía a sentir lo mismo, porque en realidad no había formado parte de aquella mesa llena de glamour. Había sido una extraña que se había vestido para la ocasión con la ropa de una desconocida. ¿Había entendido

Ariston lo marginada que se había sentido, o estaba demasiado ocupado abrumándola con su potente sexualidad para darse cuenta de eso? ¿No se daba cuenta de que lo que probablemente era solo un juego para él significaba mucho más para alguien como ella, que no tenía un círculo de amigos como el suyo ni riqueza en la que apoyarse?

Sus ojos se llenaron de lágrimas y pensó si serían fruto de la autocompasión. Porque, si lo eran, tendrían que secarse rápidamente. Se frotó los ojos con el dorso de la mano y se dijo con fiereza que debía alegrarse de ser lo bastante fuerte para resistirse a alguien que nunca podría ser otra cosa que una aventura de una noche.

Pero cuando se volvió para ir a su casita, vio a un hombre que caminaba hacia ella, un hombre que reconoció al instante a pesar de la distancia. ¿Cómo no reconocerlo cuando su imagen estaba marcada a fuego en su mente? Su figura transmitía fuerza cuando andaba y el brillo de la luz de la luna en sus ojos y la palidez de su camisa de seda capturaban la imaginación de ella. Sintió que le cosquilleaba la piel con una excitación instintiva, que fue seguida rápidamente de desasosiego. Había intentado hacer lo correcto. Había hecho todo lo que estaba en su mano por alejarse de él. ¿Por qué demonios tenía que estar allí?

—Ariston —dijo con firmeza—. ¿Qué haces aquí?

Estaba preocupado por ti. Te has marchado bruscamente de la cena y he visto que tomabas el camino de tu casita, pero no se encendía ninguna luz.

—¿Me has espiado?

–No. Soy tu jefe –la voz de él sonaba profunda por encima del suave lamer de las olas–. Estaba preocupado por ti.

Sus ojos se encontraron.

–¿De verdad? –preguntó ella.

Hubo una pausa.

–Sí. No –negó él, y su voz se volvió dura de pronto–. En realidad, no lo sé. No sé qué demonios es esto. Solo sé que no puedo dejar de pensar en ti.

Keeley vio el cambio súbito que se producía en él. La tensión que daba rigidez a su cuerpo, que ella sospechaba que era un reflejo de la tensión que sentía también ella. Y supo lo que iba a ocurrir por la expresión de la cara de él, por la mirada de deseo que activó una necesidad parecida en lo más profundo de ella.

–Ariston –susurró.

Pero sonó más como una plegaria que como una protesta. Él la abrazó y ella le dejó, sin hacer caso a las objeciones que poblaban su mente. Y en el momento en que la tocó, estuvo perdida.

Él la besó en la boca y ella oyó su gemido de triunfo cuando le devolvió el beso. Abrió los labios y él le deslizó la lengua en la boca para profundizar el beso. Se balanceó contra él y clavó las uñas en su pecho a través de la fina seda de la camisa. Y Ariston movió las caderas contra las de ella con urgencia y deslizó la mano dentro del corpiño del vestido para rozarle los pechos sin sujetador con los dedos. Y ella también le permitió eso. ¿Cómo iba a pararlo cuando lo deseaba tanto?

Él lanzó un gemido apagado mientras exploraba

cada pezón y ella sintió que su ropa interior se humedecía. ¿Le iba a hacer el amor allí? ¿La tumbaría sobre la arena suave sin darle tiempo a protestar? Sí. Eso le gustaría. No quería que nada destruyera el momento, porque aquello había tardado mucho en llegar. Ocho años, para ser exactos. Ocho largos y áridos años en los que había sentido su cuerpo como si fuera de cartón y no de carne y hueso receptivos. Keeley tragó saliva. No quería tiempo para pensar dos veces en lo que estaba a punto de ocurrir, quería dejarse llevar y ser espontánea. Una oleada de excitación la embargó hasta que recordó lo que llevaba. Separó los labios de los de él y se apartó.

—El vestido —musitó.

Él la miró sin comprender.

—¿El vestido? —preguntó.

—No es mío, ¿recuerdas? No quiero... estropearlo.

—Por supuesto. Es un vestido prestado —dijo él.

Su mirada se endureció y un aleteo de triunfo tiñó su sonrisa. La tomó en brazos y caminó con ella por la arena hacia la casita.

Capítulo 5

UNA VEZ dentro, Ariston llevó a Keeley arriba, en una exhibición de dominio masculino que ella encontró embriagadora. Mientras él le besaba con ansia el cuello y los labios, ella estaba en una cima tan elevada de placer, que casi no se dio cuenta de que él le alzaba los brazos por encima de la cabeza y le quitaba el vestido prestado. Hasta que de pronto quedó frente a él vestida solo con un tanga. Casi desnuda bajo la luz de la luna, debería haber sentido timidez, pero la expresión de los ojos de Ariston le hacía sentirse de todo menos tímida. Levantó la barbilla y la envolvió una sensación de liberación cuando se encontró con la sonrisa apreciativa de él.

–Eres magnífica –dijo él.

Le agarró uno de los pechos como si fuera un vendedor calculando el peso de una sandía, y ese gesto casi brutal la excitó. Todo lo relacionado con él era excitante en aquel momento. Él posó la vista en el tanga.

–Parece que, bajo la ropa corriente que sueles llevar, te vistes para complacer a tu hombre –dijo con una sonrisa–. Y eso me gusta.

Su arrogancia era increíble y Keeley quería decirle que se equivocaba en muchos sentidos. Que el tanga era lo único que podía ponerse con ese vestido sin mostrar una línea de bragas y que normalmente llevaba un sujetador de algodón. Pero él jugaba con sus pezones y la sensación era tan increíblemente dulce, que no tuvo fuerzas para dar explicaciones. Porque durante el corto recorrido desde la playa hasta el dormitorio, había sabido que ya no había vuelta atrás. No parecía importar si estaba bien o mal, simplemente parecía inevitable. Iba a dejar que Ariston Kavakos le hiciera el amor y nada podría detenerla.

Alzó la vista hacia él, que empezaba a desabrocharse la camisa.

—Juega con tus pechos —le ordenó con suavidad—. Tócate.

Aquello debería haberla escandalizado, pero no fue así. Quizá porque él había conseguido convertirlas en una orden suave e irresistible. ¿Debía decirle que su experiencia sexual era minúscula y que no sabía si se le daría bien aquello? Pero, si lo iba a hacer, tenía que hacerlo sin reservas. Acercó las manos a sus pechos y comprobó con sorpresa que, en cuanto prescindió de sus inhibiciones, empezó a sentirse sexy. Imaginó que eran las manos de Ariston las que trazaban movimientos eróticos sobre su piel excitada. Se contoneó con impaciencia y cerró los ojos.

—No —dijo él—. Abre los ojos. Quiero que me mires. Quiero ver tu expresión cuando llegues al orgasmo. Y créeme, llegarás una y otra vez.

Keeley abrió mucho los ojos porque las palabras de él eran muy gráficas, muy explícitas. Tuvo la impresión de que demostraba deliberadamente su control sobre ella. ¿Era eso lo que le gustaba, estar al cargo? El corazón le latió con fuerza porque él ya estaba desnudo, con una erección pálida y orgullosa entre los rizos oscuros, y ni siquiera las sobrecogedoras dimensiones de aquello consiguieron intimidarla. Ariston se acercó, le quitó las manos de los pechos y las reemplazó por sus labios. Inclinó la cabeza y besó cada pezón por turnos. Los acarició con maestría hasta que ella soltó un gemido de placer.

–Me gusta oírte gemir –dijo–. Prometo que te haré gemir toda la noche.

–¿De verdad?

–Sí –él deslizó los dedos en su pelo y le sostuvo la cabeza para que solo pudiera mirarlo a él–. ¿Sabes cuántas veces te he imaginado así, Keeley? ¿Desnuda a la luz de la luna como una especie de diosa?

¿Diosa? ¿Estaba loco? ¿Una chica que rellenaba estantes en un supermercado? Estuvo a punto de reír. Quería decirle que no dijera esas cosas, pero la verdad era que le gustaban. Le gustaba cómo la hacían sentirse. ¿Y por qué no se iba a sentir como una diosa por una vez cuando las palabras de él creaban imágenes en su mente que incrementaban su deseo? Porque probablemente aquel era el modo en que actuaba él. Aquel era su método. La halagaba hasta someterla con frases de experto. Le decía las cosas que anhelaba oír, aunque no fueran ciertas. Presumiblemente, aquello era lo que hacían siempre los hombres y las mujeres y no significaba nada. El sexo no significaba nada. Esa era una de las cosas que le había enseñado su madre.

–Ariston –consiguió decir con los labios secos.

–¿Tú también has soñado conmigo? –murmuró él.

–Tal vez –confesó ella.

Él soltó una risita de placer y pasó la mano por el minúsculo tanga.

–Me encanta que seas misteriosa –dijo–. ¿Hace mucho que aprendiste a tener a un hombre en ascuas?

Keeley se mordió el labio inferior. Su impresión de ella estaba un millón de veces alejada de la realidad, pero ¿por qué pinchar la burbuja en aquel momento? Era obvio que él pensaba que era una especie de imán para los hombres y seguramente sería una pérdida de tiempo intentar convencerlo de otra cosa. Porque ella no esperaba ningún futuro de aquello. Sabía que solo una tonta esperaría una relación con un hombre como Ariston, pero, aun así, se le encogió el corazón al pensar en lo pasajero que sería aquello. Y si sus fantasías sobre ella lo excitaban, ¿por qué no seguirle el juego? ¿Por qué no arañar en los pocos conocimientos que tenía y trabajar con eso?

–¿Siempre pierdes tanto tiempo hablando? –ronroneó.

Su comentario hizo que cambiara la atmósfera. Captó una tensión nueva en él, que la tomó en brazos y la llevó a la cama, donde la depositó sin molestarse en apartar la colcha. Le lanzó una mirada insondable.

–Perdóname por no reconocer tu... –él deslizó la mano entre las piernas de ella, apartó el tanga con un murmullo y pasó el dedo por el calor húmedo de ella– impaciencia.

Keeley tragó saliva, porque ahora el dedo de él trabajaba con un objetivo y ella sentía que aumentaba su calor interior. Quería que volviera a besarla, pero la única zona que él parecía interesado en besar era su torso y después su vientre y después... después... Ella reprimió un respingo cuando él le bajó el tanga, colocó la cabeza entre sus piernas y ella sintió el cosquilleo de su pelo en los muslos. Su cuerpo estaba tenso por lo que pasaría a continuación, pero nada habría podido prepararla para aquel primer lametón dulce. Se retorció en la cama e intentó apartarse del placer casi insoportable que escalaba dentro de ella, pero él le sujetaba las caderas para que no pudiera moverse. Así que ella yació allí impotente, prisionera voluntaria del magnate griego, mientras una oleada tras otra de placer alcanzaban tal intensidad, que cuando estallaron, fue como si un río rompiera sus orillas y gritó el nombre de él.

Cuando sus espasmos empezaban a desaparecer, sintió un calor delicioso atravesar su cuerpo. Alzó la vista y lo encontró apoyado sobre ella con una sonrisa divertida en los labios.

–Umm –musitó él–. Para ser una mujer que da una de cal y otra de arena, no esperaba que gritaras así.

Keeley no supo qué decir. ¿Sería vergonzoso confesar que nunca había conocido un placer así? Se preguntó cómo reaccionaría él si supiera lo pobre que era su experiencia sexual. Se lamió los labios. «No lo espantes», se dijo. ¿Por qué romper aquella maravilla con la realidad? «Dile lo que espera oír. No seas la mujer que nunca te has atrevido a ser».

–No deberías ser tan bueno –musitó–. Y entonces yo no gritaría.

–¿Bueno? Todavía no he empezado –murmuró él.

Ella tragó saliva.

–Yo no...

Él la miró fijamente.

–¿No qué, Keeley?

Ella se lamió los labios.

–No tomo la píldora ni ninguna otra cosa.

–Aunque la tomaras, siempre me gusta asegurarme doblemente –dijo él.

Sacó un preservativo del bolsillo de los pantalones y Keeley lo observó ponérselo y pensó en lo anatómico que resultaba todo aquello, como si las emociones no jugaran ningún papel en lo que estaba a punto de ocurrir. Tragó saliva. ¿De verdad había pensado que podría ser de otro modo? ¿Que Ariston Kavakos podría mostrarle ternura o afecto?

–Bésame –dijo de pronto–. Por favor. Bésame.

Ariston frunció el ceño y, cuando se entregó al beso que ella le había pedido, se le encogió el corazón. Aquella mujer era muy... sorprendente. Tan pronto una seductora fría como una chica casi tímida. Después de haberle hecho esperar más tiempo del que había tenido que esperar nunca a nadie, se mostraba dulce en su respuesta. ¿Había aprendido en las rodillas de su madre el mejor modo de cautivar a un hombre? ¿Había descubierto que tenerlos en ascuas era lo que más excitaba a los hombres que habían visto de todo, habían hecho de todo y a veces se habían aburrido en el camino?

Sentía que iba a explotar cuando la acarició y la

besó y el corazón le latió con fuerza cuando se colocó encima de ella y empezó a penetrarla lentamente. ¿Y no era ridículo que casi se sintiera decepcionado por la facilidad con la que entró en su calor húmedo y resbaladizo? ¿Acaso no había fantaseado tanto tiempo con ella, que casi se había permitido albergar la ilusión de que quizá era virgen y él era el primero?

Pero esa locura no duró más que un segundo y enseguida empezó a relajarse y disfrutar de aquellas curvas suaves que eran suyas por el momento. ¡Ella estaba tan caliente! ¡Tan apretada! Le puso las manos bajo los muslos e hizo que lo abrazara con las piernas, disfrutando de los grititos de placer de ella a medida que incrementaba la penetración. La embistió cada vez más fuerte, hasta que ella no pudo soportarlo más y volvió a gritar su nombre. Y luego su cuerpo se arqueó en un arco tenso hasta que se dejó ir con un grito largo y estremecido. ¿Y no era esa la fantasía de él? No la de una mujer que ella nunca podría ser, sino la de Keeley Turner debajo de él mientras la montaba, con sus suaves muslos tensándose al llegar de nuevo al orgasmo. Esperó a que se aquietaran sus suaves gemidos y solo entonces se permitió su propio orgasmo. Y se le oprimió el corazón cuando la semilla salió caliente de su cuerpo y se recordó que aquello era lo que había querido. La conquista de una mujer que llevaba años atormentándolo. Una despedida de algo que debería haberse acabado ocho años atrás.

Después se quedó dormido y, cuando despertó, encontró sus labios rozando uno de los pechos de ella. Casi no necesitó ningún movimiento para introducirse el pezón en la boca, rozarlo con los dientes y lamerlo, hasta que ella se retorció debajo de él y, antes de que Ariston se diera cuenta de lo que ocurría, volvía a estar dentro de ella. Esa vez duró más tiempo. Como si todo ocurriera en algún tipo de sueño. Después se tumbó de espaldas y apoyó la cabeza de ella en su hombro, porque las mujeres eran muy sensibles al rechazo en esos momentos, y aunque pensaba decirle adiós en un futuro próximo, desde luego, no sería esa noche. Pero necesitaba pensar en lo que ocurriría luego, porque aquella situación requería niveles de diplomacia inusuales. Rozó el vientre de ella con los dedos y la sintió estremecerse.

–Bueno –susurró–. No se me ocurre ningún modo más satisfactorio de terminar una velada.

Keeley asintió, intentando no mostrar su decepción. Se sentía como si fuera una copa de brandy que acabara de consumir él. ¿Pero qué esperaba? ¿Que Ariston le dijera que era la única mujer para él? Por supuesto que no. Aquello era lo que era. Una aventura de una noche que no tenía que significar nada. Así que se apartó de él y sacudió la melena intentando buscar el nivel de sofisticación que sin duda la situación requería.

–Sí que lo ha sido –asintió con frialdad.

Hubo un breve silencio, durante el cual él pareció rumiar sus palabras.

–Me sorprende que Santino no intentara seguirte hasta aquí antes que yo –dijo al fin.

Keeley frunció el ceño y se volvió a mirarlo.

–¿Y por qué narices iba a hacer eso? –preguntó
Él se encogió de hombros.

–He visto cuánta atención te ha dedicado en la cena.

–¿De verdad?

–Sí. Y después de tu marcha, Santino y Rachel se han ido también bastante bruscamente. Los hemos oído discutir de camino a su habitación.

–¿Y has pensado que era por mí? –preguntó ella.

–Sospecho que lo era. Han mencionado tu nombre más de una vez.

–¿Y qué? –quiso saber ella–. ¿Has pensado que yo anhelaba un hombre? ¿Cualquier hombre? ¿Que si Santino hubiera llegado antes que tú, estaría en la cama con él?

–No lo sé –él alzó la mirada hacia los ojos de ella–. ¿Estarías?

Keeley deseó clavarle las uñas en la piel y desgarrársela. Quería hacerle daño, hacerle algo que imitara el dolor que sentía en su corazón. Respiró hondo, amargamente consciente de la mala opinión que tenía de ella. Pero eso lo había sabido desde el principio, ¿no? ¿Y qué esperaba? ¿Que la creciente atracción sexual entre ellos hubiera anulado la evidente falta de respeto que sentía por ella? ¿Que admitirlo tan pronto en su cama iba a hacer que la admirara? ¡Qué estúpida había sido!

–Márchate –dijo en voz baja.

–¡Oh, Keeley! –repuso él con suavidad–. No hay por qué exagerar. Me has hecho una pregunta y he contestado con sinceridad. ¿Preferirías que te mintiera?

–¡Va en serio! –replicó ella. Él hizo ademán de volver a abrazarla, pero ella saltó de la cama antes de que pudiera tocarla–. Vete de aquí –repitió.

Él se encogió de hombros. Puso los pies en el suelo y agarró sus pantalones.

–No pretendía insultarte.

–¿Ah, no? En ese caso, creo que deberías examinar bien lo que acabas de decir. Crees que no discrimino nada sexualmente, ¿verdad? ¿Que me da igual un hombre atractivo que otro?

–¿Cómo voy a saberlo? Después de todo, eres hija de tu madre. Y he tenido bastante experiencia con las mujeres para saber de lo que son capaces. Sé la falta de escrúpulos que pueden tener.

Keeley se puso un camisón de algodón que colgaba en un gancho de la puerta. No se atrevió a hablar hasta que se ató el cinturón y ocultó su cuerpo desnudo a la vista de él.

–¿Por qué me has seducido cuando tienes tan mala opinión de mí?

Él se detuvo en el acto de ponerse la camisa.

–Porque te encuentro muy atractiva. Porque encendiste en mí un anhelo hace años y no ha desaparecido nunca. Quizá desaparezca ahora.

–¿Y eso es todo?

Ariston entrecerró los ojos.

–¿No es bastante?

Pero el instinto le decía a Keeley que había algo más. Y ella necesitaba saberlo, aunque sospechaba que no le iba a gustar.

–Dime la verdad como has hecho antes –dijo.

Él se encogió de hombros.

—Todo empezó con que quería hacerte mía, por lo que ya te he dicho —musitó—. Pero también porque...

—¿Porque qué? Por favor, no pares ahora.

Él se abrochó los pantalones antes de alzar la visa.

—Porque mi hermano no se verá tentado por ti si sabe que yo me he acostado contigo antes.

—¿Y tú, naturalmente, te encargarías de que lo supiera?

—De ser necesario, sí.

Keeley guardó un silencio incrédulo antes de decir:

—O sea, que ha sido por algo territorial, el modo de asegurarte de que tu hermano no se viera tentado, aunque no hay ninguna chispa entre Pavlos y yo ni la ha habido nunca.

Ariston la miró a los ojos sin parpadear.

—Supongo que sí.

Keeley se sentía mareada. Aquello era aún peor de lo que había pensado. Cerró los ojos un instante y respiró con fuerza.

—¿Te das cuenta de que tendré que irme de la isla? Después de esto, no puedo seguir trabajando para ti.

Él negó con la cabeza.

—Eso no es necesario.

—¿Ah, no? —ella rio con amargura—. ¿Cómo imaginas tú esto? ¿Conmigo siguiendo con el trabajo doméstico y tú viniendo aquí a hurtadillas a acostarte conmigo? ¿O tengo que abandonar el uniforme como en una especie de ascenso raro y cenar todas las noches con tus invitados y contigo?

—No hay necesidad de exagerar —dijo él entre dientes—. Ya pensaremos en algo.

–No hay ningún modo de arreglar algo así –dijo ella–. No permitiré que me trates de este modo y no pasaré más tiempo en compañía de un hombre que es capaz de tratar así. Lo de esta noche ha sido un error, pero eso ya no tiene remedio. Pero no me quedaré ni un segundo más de lo necesario. Quiero irme mañana a primera hora. Antes de que se despierte la gente.

Había terminado de abrocharse la camisa y la expresión de su rostro rugoso quedaba oculta en las sombras.

–¿Eres consciente de que necesitas mi cooperación para eso? Puede que no esté dispuesto a dejarte marchar tan fácilmente. ¿Has pensado en eso?

–Me da igual lo que quieras tú, más vale que dejes que me vaya –a ella le temblaba la voz–. Porque soy buena nadadora, y si tengo que nadar hasta la isla más próxima, créeme que lo haré. O llamaré a un periódico internacional y les diré que me tienes prisionera en tu isla, e imagino que la prensa se divertiría mucho con eso. A menos que pienses confiscarme el ordenador, lo cual te recuerdo que es un delito. Vete de aquí, Ariston, y prepara uno de tus aviones para que me lleve a Inglaterra. ¿Me entiendes?

Capítulo 6

ARISTON MIRABA por uno de los amplios ventanales, pero, por una vez, las vistas no conseguían impresionarle. Solo veía un par de ojos verdes brillantes y unos labios rosados, y el pelo rubio que se había escurrido por sus dedos como luz de luna.

¿Qué le ocurría? ¿Por qué insistía en sentirse tan alterado cuando debería estar contento? Habían pasado semanas desde que Keeley Turner cayera en sus brazos en un encuentro sexual que lo había dejado sin aliento pero que había terminado mal. Ella había regresado a Londres a la mañana siguiente, negándose a mirarlo a los ojos y sin despedirse. Pero había tomado el dinero que le había dado, ¿no? No había mostrado ningún recelo en aceptar la suma adicional que él había incluido. Había pensado que quizá recibiría un correo electrónico furioso diciéndole lo que podía hacer con su dinero. Pero no. Era una mujer, ¿no? ¿Y qué mujer rechazaría la oferta de dinero fácil?

Y eso había sido todo. No había tenido noticias de ella desde entonces. Se había dicho que eso era bueno, que había logrado su objetivo y se había acostado con una mujer que llevaba años atormentándolo. Pero, desgraciadamente, eso no había cambiado nada. De hecho, lo había empeorado. ¿Era porque no estaba acostumbrado a que una mujer se alejara de él, o porque no podía evitar admirar el temperamento de ella cuando se había marchado? ¿O quizá porque había sido la amante más apasionada que había tenido?

Pero después de una noche más de sueño difícil, se preguntó dónde estaba el cierre que había perseguido y por qué no se había esforzado un poco más por tenerla allí más tiempo. Debería haberse mostrado más diplomático en sus respuestas y haberle dicho lo que quería oír en vez de ser tan sincero. Apretó los labios. No importaba. No le gustaban las mentiras y ya era demasiado tarde para pensar en eso. Lo hecho, hecho estaba.

Al menos Pavlos había anunciado su compromiso con la hermosa Marina y planeaban la boda para principios del año siguiente. Su hermano era feliz y Ariston tenía la sensación de haber hecho su trabajo. El futuro de la dinastía Kavakos estaba asegurado. Solo faltaba que lo abandonara aquella condenada inquietud.

Pero no lo abandonaba, a pesar de una agenda que lo había llevado por gran parte del sudeste asiático, y aunque intentaba dejarse absorber por el trabajo más que de costumbre. Razón por la cual, se había sorprendido viajando a Inglaterra en su avión privado para hacer una visita inesperada a su oficina de Londres. Le gustaba Londres y mantenía allí un apartamento bien equipado, que usaba en distintos momentos del año, a menudo cuando el calor de Lasia estaba en su punto más álgido. Pero hasta en Londres le costaba concentrarse en su último proyecto de construcción de barco y disfrutar del hecho de que la prestigiosa revista *Forbes* hubiera dedicado un artículo a su empresa y alabado su perspicacia para los negocios.

Se dijo que era la curiosidad, o quizá la cortesía, lo que le hizo decidirse a ir a visitar a Keeley para ver cómo le iba. Quizá se hubiera calmado lo suficiente para ser educada con él.

Pidió a su chófer que lo dejara a poca distancia del estudio y, cuando llamó a la puerta, el largo silencio que siguió le hizo pensar que no había nadie en casa. Suspiró. Podía dejar una nota, pero sospechaba que iría directamente a la basura. Podía probar a llamar, pero algo le decía que ella no querría hablar con él. Y eso tampoco le había pasado nunca.

Pero entonces se abrió un poco la puerta y apareció el rostro de Keeley en el hueco. Su expresión le dijo que era la última persona a la que esperaba ver. Ariston entrecerró los ojos porque ella tenía muy mal aspecto. Su cabello rubio colgaba en mechones sin brillo, como si llevara días sin lavarlo. Su rostro estaba ceniciento y tenía ojeras profundas.

–Hola, Keeley –dijo.

Ella se puso tensa y lo miró horrorizada. ¿Qué narices hacía allí y cómo iba a lidiar con él? Su instinto le decía que le diera con la puerta en las narices, pero ya había probado aquello una vez sin éxito y, además, no podía hacerlo en aquellas circunstancias. Lo despreciaba, pero necesitaba hablar con él y el destino lo había colocado en su puerta. Le habría gustado haberse cepillado el pelo o puesto ropa con la que no hubiera dormido, pero tal vez fuera mejor así. Al menos no tendría que preocuparse de que intentara seducirla.

—Será mejor que entres —dijo.

Él pareció sorprendido por la invitación. Keeley entendía su sorpresa, pero, por mucho que le hubiera gustado hacerlo, no podía decirle que se marchara, como no podía hacer retroceder el reloj. Tenía que decírselo. Era su deber.

Antes de que lo adivinara él solo.

—¿Qué te trae por aquí? —preguntó, cuando estuvieron frente a frente en la pequeña sala de estar—. A ver si lo adivino... Pavlos ha vuelto a Londres y has decidido ver si le he puesto mis avariciosas garras encima. Pues, como puedes ver, estoy aquí sola.

Él negó con la cabeza.

—Pavlos se ha prometido para casarse.

—Felicidades —musitó ella—. Ya tienes lo que querías.

Ariston se encogió de hombros.

—Deseo ver a mi hermano felizmente asentado con una compañera, sí.

—Pero si Pavlos está a salvo de mis garras, ¿qué te trae por New Malden? No recuerdo haberme dejado nada en tu isla que tuvieras que devolverme.

—Estaba en Londres y se me ha ocurrido pasar a ver cómo te encuentras.

—¡Qué conmovedor! ¿Haces eso con todas tus examantes?

Él apretó la mandíbula.

—Pues no. Pero, por otra parte, ninguna de mis amantes me ha dejado antes plantado de ese modo.

–¡Oh, vaya! ¿Tu ego se siente herido?

–Yo no diría tanto –repuso él con sequedad.

–Pues ya has visto cómo estoy.

–Sí. Y no me gusta lo que veo. ¿Qué ocurre? –la miró con el ceño fruncido–. Pareces enferma.

Keeley tragó saliva. Allí tenía la oportunidad perfecta para darle la noticia. Abrió la boca para decírselo, pero algo le hizo vacilar. ¿Autoconservación? ¿La sensación de que, cuando se lo dijera, ya nada volvería a ser igual?

–He estado enferma –admitió–. Pero la verdad es que estoy embarazada –dijo con rapidez.

Él tardó un momento en hablar.

–Enhorabuena –dijo con voz sin inflexiones–. ¿Quién es el padre?

Era una reacción que Keeley debería haber anticipado, pero no lo había hecho y se sintió herida. Quería decirle que solo había un hombre que pudiera ser el padre, pero probablemente no la creería, ¿y por qué iba a hacerlo? Después de todo, no había mostrado mucho autocontrol con él. Se había echado en sus brazos y había dejado claro que quería sexo con él. ¿Por qué un machista como Ariston Kavakos no se iba a imaginar que se comportaba así todo el tiempo? Se lamió los labios.

–Tú –dijo con osadía–. Tú eres el padre.

El rostro de él no mostró más reacción que una frialdad repentina en los ojos.

–¿Cómo dices?

¿Esperaba que su frialdad la empujara a admitir que se había equivocado y él no era el padre? ¿Que probaba aquello solo porque era muy rico? La tentación de decir eso y lograr que se marchara era fuerte, pero no tanto como su conciencia. Porque él era el padre y lo importante allí era cómo lidiaría ella con eso. Sabía que, a pesar de los vómitos mañaneros y de la sensación de malestar general, tenía que ser fuerte porque Ariston lo era. Y era un macho dominante que intentaría a toda costa conseguir lo que quisiera.

–Ya me has oído –dijo con calma–. Tú eres el padre.

El rostro de él se oscureció.

–¿Cómo sabes que es mío?

Ella se encogió.

–Porque solo puede ser tuyo.

–Solo tengo tu palabra, Keeley. Tú no eras virgen.

–Ni tú tampoco.

Él sonrió con crueldad.

–Como ya te dije, para los hombres es diferente.

–¿Crees que mentiría en algo así?

–No lo sé, esa es la cuestión. Sé muy poco de ti. Pero soy un hombre rico. Hay beneficios indudables en quedarse embarazada de alguien como yo. ¿Fue un accidente o lo planeaste?

–¿Planearlo? ¿Crees que me quedé embarazada intencionadamente para sacarte dinero?

–No te muestres tan ultrajada, Keeley. No te creerías las cosas que la gente puede hacer por dinero –él la miró con frialdad–. O quizá sí.

Parece que se te da muy bien achacar culpas, pero no voy a llevar yo toda la carga –ella respiró hondo y se acercó a la ventana–. Siempre pensé que la anticoncepción eran responsabilidad conjunta de ambas partes.

Ariston la miró a los ojos y se vio sorprendido por una oleada súbita de compasión... y de culpa. ¿Cuántas veces le había hecho el amor aquella noche? Frunció el ceño. Dos veces, antes de que ella lo echara de su cama y anunciara que se marchaba de la isla. ¿La segunda vez había tenido cuidado o había...? El corazón le dio un vuelco. No. Se había excitado tanto medio dormido, que la había penetrado sin molestarse en ponerse un preservativo. ¿Cómo demonios había ocurrido eso cuando él era tradicionalmente tan cuidadoso?

¿Y no había sido una bendición sentir su calor húmedo sin barreras? ¿Algún instinto protector había hecho que su mente olvidara aquello hasta ese momento?

La miró con el corazón galopante y se fijó en el modo en que se había dejado caer contra el alféizar de la ventana. Al estar echada hacia atrás, pudo ver la curva de su vientre y notó por primera vez que sus generosos pechos eran aún más grandes que antes. Estaba embarazada. ¿Pero debía aceptar su palabra de que él era el padre?

El recuerdo de su madre, y de muchas otras mujeres intermedias, lo ponía en guardia. Sabía mucho de mentiras y subterfugios porque habían estado entrelazados en el tejido de su vida. Sabía lo que podía hacer la gente por dinero. Había aprendido cautela a una edad temprana porque había sido necesario. Los había protegido a Pavlos y a él de algunas de las cosas más feas que les había arrojado la vida, así que, ¿por qué no buscar su protección también ahora?

—Tienes razón, por supuesto. La anticoncepción

es responsabilidad del hombre y la mujer –dijo–.
Pero eso no responde satisfactoriamente a mi pregunta. ¿Cómo sabes que soy el padre de tu hijo?

–Porque...

Ariston vio que se mordía el labio inferior como
si intentara reprimir las palabras, pero luego salieron
de su boca en un torrente apasionado.

–Porque solo había tenido sexo una vez antes –declaró–. Un hombre, una vez, hace años, y fue un de-
sastre, ¿de acuerdo? ¿Eso te dice todo lo que quieres
saber, Ariston?

Él sintió una oleada de placer oscuro y primitivo.
Todo encajaba ahora. Su aire maravillado cuando le
había hecho el amor, sus gritos de incredulidad al
llegar al orgasmo... Todo eso hablaba de una mujer
que alcanzaba el placer por primera vez, no de alguien acostumbrada al sexo. ¿Pero y si mentía? ¿Y si
estaba usando dotes de actriz, aprendidas en las rodillas de su madre? Apretó los labios. Se debía a sí
mismo exigir una prueba de ADN, si no ahora, al menos cuando naciera el bebé.

Pero la complexión cenicienta de ella y sus ojos
cansados le provocaron otra oleada de compasión.
Repasó mentalmente los hechos y las posibles solu-
ciones. A pesar de la falta de cualificaciones de ella,
no era estúpida. Seguramente se daba cuenta de que
la atacaría con todas sus fuerzas si descubría que lo
había engañado.

Miró a su alrededor intentando imponer algo de
orden en sus alborotados pensamientos. Aceptaba
que era un hombre difícil que no creía en el amor,
que no se fiaba de las mujeres y que guardaba con

fiereza su espacio personal, y esos factores habían descartado la forzosa intimidad de un matrimonio. El deseo de prolongar su estirpe no había estado presente en él y siempre había asumido que sería Pavlos el que proporcionaría los herederos para llevar el imperio Kavakos hacia el futuro.

Pero aquella revelación lo cambiaba todo. En pocos minutos algo había empezado a cambiar en él, porque si aquel era su hijo, quería tomar parte en el proceso. Una parte importante. Se le encogió el corazón. ¿Cómo podría ser de otro modo? ¿Cómo no reclamar para sí su carne y su sangre? Miró los ojos cansados de Keeley y pensó que aquello debía de ser lo último que ella quería, un niño no planeado con un hombre al que odiaba. Y con poco dinero. ¿Por qué, entonces, no ofrecerle un incentivo que les conviniera a los dos?

−¿Y cuándo pensabas decírmelo? −preguntó−. ¿O no lo ibas a hacer?

−Claro que sí. Solo... esperaba el momento apropiado −dijo ella, con la voz de alguien que había estado posponiendo lo inevitable−. Pero no parecía llegar nunca.

Él frunció el ceño.

−¿Por qué no te sientas? Ahí no pareces estar muy cómoda. Y tenemos que hablar.

Keeley alzó la barbilla, pero se dirigió a un sillón. A pesar de su pelo sin lavar y de los pantalones grises de chándal, Ariston no pudo evitar que su cuerpo reaccionara cuando ella pasó a su lado. ¿Qué tenía aquella mujer que hacía que quisiera penetrarla siempre que se acercaba?

Ella se instaló en el sillón y alzó su rostro hacia él.

—Habla —dijo.

Él asintió. Metió las manos en los bolsillos del pantalón y la miró.

—Imagino que no querías ser madre —comentó.

Ella se encogió de hombros.

—Todavía no.

—¿Y si te libero de esa carga?

Keeley lo interpretó mal, porque abrazó inmediatamente su vientre como si quisiera proteger al niño no nacido.

—Si vas a proponer... —gritó.

—Lo que propongo —la interrumpió él— es que te mudes de este agujero infernal en miniatura a un apartamento de lujo de tu elección. Que te vean los mejores médicos, que controlarán tu embarazo y se asegurarán de que los dos estéis bien de salud. Y después del parto...

—Después del parto, ¿qué? —susurró ella.

—Me entregues al niño —él sonrió con frialdad.

Hubo una pausa.

—¿Puedes repetir eso? —preguntó ella débilmente—. Para estar segura de que no te he entendido mal.

—Yo criaré al niño —dijo él—. Y tú nombras tu precio.

Ella tardó un momento en hablar y a él le sorprendió la furia que brillaba en sus ojos verdes cuando se puso en pie. Por un momento pensó que lo iba a atacar, pero no lo hizo. Se quedó de pie, con los brazos en jarras y respirando con fuerza.

—¿Me has ofrecido comprarme a mi hijo? —preguntó.

–Ese es un modo muy melodramático de decirlo, Keeley. Considéralo una transacción. Lo más razonable que podemos hacer en estas circunstancias.

–¿Te has vuelto loco?

–Te doy la oportunidad de empezar de nuevo.

–¿Sin mi hijo?

–Un hijo te atará. Yo puedo darle a ese niño todo lo que necesite –dijo él. Miró la habitación–. Tú no.

–Oh, pero en eso te equivocas –respondió ella, apretando los puños–. Tú puedes tener todas las casas, yates y sirvientes del mundo, pero tienes un gran agujero donde debería estar tu corazón. Eres un bruto frío e insensible que privaría a un bebé de su madre y, por lo tanto, eres incapaz de darle a este niño lo único que necesita más que ninguna otra cosa.

–¿Y qué es?

–Amor.

Ariston sintió que se tensaba su cuerpo. Quería a su hermano y en otro tiempo había querido a su madre, pero era consciente de sus limitaciones. No, no sentía eso que ella llamaba amor, ¿y por qué sentirlo si sabía el dolor brutal que podía causar? Sin embargo, algo le decía que era inútil intentar defender su postura. Ella lucharía por aquel niño con todas sus fuerzas y eso complicaría las cosas. ¿Imaginaba que iba a aceptar lo que ella le dijera? ¿Pagar una pensión y tener fines de semana esporádicos con su hijo? La miró a los ojos.

–Tú no renunciarás a este niño y yo tampoco –dijo con suavidad–. Lo que significa que la única solución es que me case contigo.

Vio la expresión horrorizada de ella.

–Pero yo no quiero casarme contigo. Tienes que darte cuenta de eso. ¿Me ves como esposa de un hombre controlador y despótico al que ni siquiera le gusto? Me parece que no.

–No era una pregunta –dijo él con suavidad–. Era una declaración. La cuestión no es si te casarás conmigo, Keeley. Es cuándo.

–Estás loco.

Él negó con la cabeza.

–Solo estoy decidido a tener lo que es mío por derecho. ¿Por qué no piensas lo que he dicho? Volveré mañana a mediodía a que me respondas cuando te hayas tranquilizado. Pero te lo advierto. Si eres tan obstinada como para intentar rechazarme, o si intentas escapar –la miró a los ojos–, te encontraré y te arrastraré por todos los tribunales del país hasta conseguir lo que es mío.

Capítulo 7

A LA MAÑANA siguiente, cuando Keeley se preparaba para la visita de Ariston, miró su rostro pálido en el espejo y apretó los dientes. Esa vez no perdería los estribos. Permanecería tranquila y concentrada. Le diría que no podía casarse con él, pero que estaba dispuesta a mostrarse razonable.

Se lavó el pelo, se puso un vestido de algodón suelto y limpió a fondo su estudio. Hasta fue al mercado a comprar un ramo de tulipanes rosas, que colocó en un jarrón.

Ariston llegó puntual y ella odió la reacción instintiva de su cuerpo cuando abrió la puerta y lo vio con un traje gris pálido. No quería recordar lo que había sentido en sus brazos, pero su mente estaba llena de imágenes eróticas.

–Espero que hayas tenido tiempo de pensar con sensatez, Keeley –dijo él, sin preámbulos–. ¿Es así?

–He pensado mucho, sí, pero me temo que no he cambiado de idea. No me casaré contigo.

Él dijo algo en su lengua nativa y, cuando ella lo miró, suspiró.

–Esperaba que no llegáramos a esto.

–¿Llegar a qué? –preguntó ella, confusa.

–¿Por qué no me dijiste lo de tu madre?

Keeley palideció.

–¿Qué de mi madre?

–Que vive en una residencia para dependientes desde hace siete años.

Keeley apretó los labios porque tenía miedo de echarse a llorar, hasta que se recordó que no podía permitirse el lujo de las lágrimas, ni mostrar ningún tipo de vulnerabilidad ante un hombre que sospechaba que se aprovecharía de ello.

–¿Cómo te has enterado?

Ariston se encogió de hombros.

–Recoger información es fácil, si sabes a quién preguntar.

–¿Pero por qué? ¿Por qué te has tomado la molestia de investigarme?

–No seas ingenua. Porque eres la madre de mi hijo y tienes algo que quiero. Y el conocimiento es poder –añadió él, con sus ojos de color zafiro fijos en los de ella–. ¿Qué ocurrió? ¿Cómo acabó una mujer de edad madura en una institución donde la edad media son ochenta años, incapaz de reconocer a su única hija cuando va a verla?

Sin pensar lo que hacía, Keeley agarró el brazo del sillón más próximo y se sentó en él antes de que se le doblaran las piernas.

–¿No te lo han dicho tus investigadores? –preguntó con voz ronca–. ¿No han tenido acceso a sus archivos médicos?

–No. Creo que no es ético hacer algo así. ¿Qué pasó, Keeley? –preguntó de nuevo, esa vez con más suavidad.

Ella quería decirle que no era asunto suyo, pero sospechaba que eso no lo disuadiría. Y quizá sí era ya asunto suyo. Porque su madre era la abuela del hijo de él, ¿no? Aunque nunca se diera cuenta de eso. La envolvió la tristeza y parpadeó para reprimir las lágrimas.

—¿Qué quieres saber? —preguntó.

—Todo.

Todo. Keeley reclinó la cabeza en el sillón, pero tardó unos momentos en poder hablar.

—Seguro que no es preciso que te diga que la breve fama de mi madre como actriz se vio reemplazada pronto por la mala fama que se ganó después de aquel... —vaciló un momento— de aquel verano en tu casa.

Él endureció la mandíbula, pero no hizo comentarios.

—Continúa.

—Cuando volvimos a Inglaterra, la abordaron los periódicos y revistas más sórdidos. Querían que llevara la antorcha de la mujer madura que estaba decidida a tener una buena vida sexual, pero en el fondo solo buscaban a una tonta crédula que les ayudara a vender más ejemplares.

Keeley respiró hondo.

—Ella habló largo y tendido de sus distintos amantes, la mayoría de los cuales eran considerablemente más jóvenes. Pero eso ya lo sabes. Pensaba que rompía una lanza por la liberación de las mujeres, pero en la realidad todos se reían de ella a sus espaldas. Ella no se daba cuenta y, desde luego, no se dejaba desanimar por eso. Y luego su físico empezó a decaer de un modo dramático. Demasiado vino y sol. Demasiadas dietas drásticas.

Keeley guardó silencio.

—No pares ahora —dijo él.

Su voz era casi gentil y ella quería decirle que no hablara así. Había malinterpretado su amabilidad en otra ocasión y no quería cometer el mismo error. Quería decirle que podía lidiar mejor con él cuando era duro y brutal.

Se encogió de hombros.

—Empezó a hacerse operaciones. Un corte aquí, un estiramiento allá. Un día eran las cejas y al siguiente se inyectaba sabe Dios qué en los labios. Empezaba a parecer...

Keeley cerró los ojos al recordar la crueldad de los periódicos que antes la habían cortejado tanto. Las fotos robadas y lo deprisa que se había convertido en un hazmerreír nacional, con un rostro que parecía una parodia cruel de la juventud.

Y lo frustrante que había sido que se mostrara ciega a lo que le ocurría.

—Empezó a parecer muy rara —continuó Keeley.

No quería mostrarse desleal, pero las palabras le salían ahora con rapidez porque nunca había hablado de eso antes. Lo había mantenido encerrado en su interior como si fuera su vergüenza y su secreto.

—Conoció a un cirujano que se ofreció a hacerle un lifting de cara, pero no se molestó en comprobar sus credenciales ni en preguntarse por qué le ofrecía eso a un precio tan ventajoso. Nadie sabe bien lo que ocurrió durante la operación, solo que mi madre salió de ella con daño cerebral. Y que nunca volvió a reconocerme a mí... ni a ninguna otra persona –tragó saliva–. Y desde entonces vive en esa residencia.

Él frunció el ceño.

–¿Pero tú vas a verla?

–Todas las semanas.

–¿Aunque no te reconoce?

–Por supuesto –repuso ella–. Sigue siendo mi madre.

Ariston captó la dignidad y la pena que envolvían esas palabras. La miró. Ese día estaba muy distinta, con el pelo limpio brillando sobre los hombros en una cascada rubia. Llevaba un vestido de algodón y parecía suave, femenina y extrañamente vulnerable.

¿Por qué no me dices qué es lo que quieres? –preguntó él.

Ella lo miró a los ojos.

–Quiero que mi bebé tenga lo mejor –respondió con cautela–. Como quieren todas las madres.

–¿Y crees que vivir aquí le proporcionará eso? –Ariston miró a su alrededor, incapaz de ocultar un fruncimiento despreciativo de los labios.

–La gente tiene niños en entornos de todo tipo, Ariston.

–Un niño que lleve el apellido Kavakos no –replicó él–. ¿Cómo te ganas la vida? ¿Sigues trabajando?

–En este momento no –Keeley se encogió de hombros–. Encontré trabajo en otro supermercado cuando volví de Lasia y luego empecé con náuseas. Raciono el dinero que me diste, pero...

–¿Y cómo demonios crees que te vas a arreglar? –insistió él.

Keeley tragó saliva.

–Cuando mejoren las náuseas, trabajaré más horas. Si es preciso, tendré que mudarme a un barrio más barato.

–Pero eso te alejaría más de tu madre –señaló él.

Ella lo miró de hito en hito, pero de pronto no pudo eludir la enormidad de su situación. Ni siquiera tenía cochecito o cuna y, aunque los tuviera, casi no había sitio para ponerlos. Y Ariston le ofrecía lo que la mayoría de las mujeres en su situación querrían tener. No intentaba esquivar su responsabilidad. Al contrario. Le ofrecía casarse con ella.

Se recordó que el día anterior había querido quitarle al niño porque era rico y poderoso y ella era débil y pobre. Había querido retirarla de escena, tratarla como a un vientre de alquiler, y eso era una indicación de su crueldad. Al menos si se casaba con él, tendría algunos derechos legales. ¿Y no sería ese el mejor lugar para empezar? Lo miró a los ojos y reprimió un escalofrío. ¿Qué otra opción tenía? Ninguna.

–Si accedo a casarme contigo, quiero algún tipo de igualdad –dijo.

–¿Igualdad? –preguntó él, como si fuera la primera vez que usaba esa palabra.

Ella asintió.

–Así es. No estoy dispuesta a hacer nada hasta que aceptes mis términos.

–¿Y qué términos son esos?

–Quiero tener algo que decir sobre el lugar en el que vivamos.

–Eso es lo último que debe preocuparte –dijo él–.

No olvides que tengo una isla entera a mi disposición.

–¡No! –exclamó ella con vehemencia, porque la idea del aislamiento de la isla y de estar completamente a merced de él le daba escalofríos–. Lasia no es un lugar apropiado para criar a un niño.

–Yo me crie allí.

–Exactamente.

Él la miró divertido.

–A ver si lo adivino. ¿Tienes algún otro lugar en mente? ¿Un sitio donde siempre has anhelado vivir? ¿Una casa en el centro de Mayfair, quizá, o un apartamento con vistas al río? Lasia es mi hogar, Keeley.

–Y este es el mío.

–¿Este?

Ella oyó la condescendencia en su voz y de pronto se encontró luchando por su reputación y por lo que había hecho con su vida. No era mucho, ¿pero no era lo mejor que había podido, dadas las circunstancias?

–Quiero vivir en Londres –dijo con terquedad–. Mi madre está aquí, como tú mismo has dicho. No puedo irme lejos.

Él se frotó el puente de la nariz y Keeley lo vio cerrar los ojos, y sus pestañas espesas abanicaron su piel olivácea.

–Muy bien –dijo al fin–. Viviremos en Londres. Tengo un apartamento aquí. Un ático en la City –se puso en pie.

Keeley asintió. Por supuesto. Probablemente tenía un ático en todas las ciudades importantes del mundo.

–Solo por curiosidad, ¿cuánto crees que durará este matrimonio nuestro? –preguntó.

–¿El tono de tu voz indica que te parece improbable una unión duradera?

–Creo que las probabilidades están en contra –dijo ella–. ¿Tú no?

–En realidad no, no lo creo. Digámoslo de este modo –añadió con suavidad–. No tengo intención de que a mi hijo lo críe otro hombre que no sea yo. Así que, si quieres mantener tu papel de madre, sigue casada.

–Pero...

–¿Pero qué, Keeley? ¿Qué es lo que te horroriza tanto? ¿Darte cuenta de que estoy decidido a hacer que funcione esto? Supongo que eso es algo bueno.

–¿Pero cómo va a funcionar si no es un matrimonio de verdad? –preguntó ella a la desesperada.

–¿Quién lo dice? Quizá podamos aprender a llevarnos bien. No me hago ilusiones y mis expectativas son bastante bajas, pero creo que podemos aprender a ser civilizados el uno con el otro, ¿tú no?

–No me refería a eso y lo sabes –musitó ella.

–¿Te refieres al sexo? –preguntó él con sorna–. Ah, sí. Tu rubor me dice que es eso. ¿Cuál es el problema? Cuando dos personas tienen una química como la nuestra, parece una lástima no aprovecharla. He aprendido que el buen sexo vuelve afable a la mujer. ¡Quién sabe! Puede que hasta te haga sonreír.

Keeley se sentía, a su pesar, excitada por el modo de hablar de él. Y se despreciaba por ello.

–¿Y si me niego? –preguntó.

–¿Por qué te vas a negar? –él la miró de arriba abajo–. ¿Por qué combatirlo cuando es mucho más satisfactorio ceder? Ahora mismo estás pensando en ello, ¿verdad? Recordando lo maravilloso que era tenerme dentro de ti, besándote y tocándote, hasta que gritabas de placer.

Lo horrible de aquello era que él no solo decía la verdad, sino que ella reaccionaba a sus palabras y no parecía haber nada que pudiera hacer al respecto. Era como si su cuerpo ya no le perteneciera, como si él controlara su reacción con una sola mirada. Los pezones de Keeley empujaban su vestido de algodón y sintió una punzada de deseo. Lo deseaba, sí, pero tenía que estar mal desear a un hombre que la trataba como Ariston. La había usado como un objeto sexual y no como a una mujer a la que respetara y seguramente seguiría haciéndolo. ¿Y eso no la dejaría abierta a heridas sentimentales? Porque algo le decía que él era el tipo de hombre que podía hacer daño incluso sin intentarlo.

—¿Pero qué pasaría si decidiera que no puedo soportar tener sexo frío con un hombre como tú? —insistió.

—El sexo conmigo nunca es frío, querida. Los dos lo sabemos. Pero si insistieras en esa obstinación, me vería obligado a buscar una amante —contestó él. Su rostro se oscureció—. Creo que es lo que suele ocurrir en esas circunstancias.

—¿Quieres decir en ese universo paralelo tuyo? —replicó ella.

—Es un universo en el que nací —repuso él—. Es lo que sé. No me condenaré a un futuro sin sexo porque tú te niegues a aceptar que nos resulta difícil dejar de tocarnos. Pero no te insultaré ni sentiré la necesidad de llevar a otra mujer a mi cama si tú te comportas como debe hacerlo una esposa. Si me das tu cuerpo, te prometeré fidelidad.

Sonrió entonces con frialdad, como si saboreara el momento hasta que pudiera conquistarla. O derrotarla.

—Depende de ti —dijo—. Tú decides.

A Keeley le latía con fuerza el corazón. Él era déspota y orgulloso y la excitaba hasta que no podía pensar con claridad, pero en el fondo sabía que no tenía ningún otro lugar al que ir. Pero también tenía sus derechos, ¿no? No podía obligarla a seguir en un matrimonio si este no funcionaba. Y no podía exigirle sexo porque fuera su derecho matrimonial. Ni siquiera él podía ser tan primitivo.

—Muy bien, me casaré contigo. Siempre que entiendas que lo hago para darle seguridad a mi hijo —alzó la barbilla y lo miró a los ojos—. Pero si crees que voy a ser un pelele sexual solo para satisfacer tu rabiosa libido, estás equivocado.

—¿Eso crees? —la sonrisa que entreabrió los labios de él era arrogante y segura—. Yo no me equivoco casi nunca, *koukla mou*.

Capítulo 8

¡GUAU! NUNCA he visto a una novia de rojo —exclamó Megan—. ¿Es una moda nueva?

Pero antes de que Keeley tuviera ocasión de responder a la mujer que le había prestado el vestido en Lasia, su ya marido se le adelantó.

—Es una antigua costumbre griega —dijo Ariston con suavidad—. Tradicionalmente, la novia llevaba un velo rojo para espantar a los malos espíritus. Pero Keeley le ha añadido un giro moderno poniéndose una corona de rosas rojas a juego con el vestido.

Keeley alzó la vista hacia él e intentó no reaccionar cuando Ariston le rodeó la cintura con el brazo y la atrajo hacia sí como un novio amoroso y atento. Pensó con amargura hasta qué punto podían engañar las apariencias. Porque él no era un novio amoroso, sino un controlador despiadado que resplandecía de satisfacción porque una hora antes le había colocado una alianza de oro en el dedo. Había logrado lo que quería y ella era ahora su esposa, atrapada en un matrimonio no deseado que él estaba decidido a hacer durar.

Ariston acercó la boca a su oído y un escalofrío recorrió la columna de ella cuando el aliento de él le abanicó la piel.

—Ha sido muy inteligente por tu parte investigar

así las costumbres griegas –murmuró–. ¿Soy yo el espíritu malvado al que intentas espantar?

–Por supuesto –ella sonrió ampliamente, porque había descubierto que podía guardar las apariencias tan bien como él. Podía interpretar el papel de novia ruborosa, solo tenía que practicar un poco. ¿Y por qué estropear el día con algo tan decepcionante como la verdad? ¿Por qué no dejar que la gente creyera lo que quisiera, la versión cuento de hadas de su historia, que la hija pobre de una actriz olvidada había cazado a uno de los solteros más cotizados del mundo?

En aquel momento, él acariciaba con el dedo la parte delantera del vestido de ella y se detuvo levemente en la curva del vientre, como si estuviera en su derecho de hacer eso. Y seguramente lo estaba. Porque ahora él movía los hilos, ¿no? Le había dado una tarjeta de crédito nueva y le había dicho que comprara lo que quisiera para transformarse en la mujer que iba a ser su esposa.

–Porque quiero que, a partir de ahora, parezcas mi esposa –le había dicho– y no una trabajadora de supermercado que lleva mi anillo.

El comentario la había molestado y había sentido tentaciones de llevar siempre su ropa más vieja, a ver qué le parecía a él. ¿Eso lo alentaría a librarse de ella y concederle la libertad que tanto anhelaba? Pero luego había pensado en su hijo y en que pronto sería madre. ¿De verdad quería empujar un carrito por los lugares que frecuentaba Ariston vestida con ropa de una tienda de segunda mano? ¿Eso no destrozaría aún más su confianza en sí misma?

Pero lo que más la perturbaba era que, una vez

que había empezado, le había resultado sorprendentemente fácil gastar el dinero de su multimillonario prometido. Quizá se parecía más a su madre de lo que pensaba. O quizá había olvidado el señuelo del dinero y cómo podía lograr que la gente hiciera cosas impredecibles. Durante su infancia, cuando tenían medios, el dinero había resbalado entre los dedos de su madre como si fuera arena y, a veces, si se sentía benévola, gastaba una parte en su única hija. Pero sus regalos habían sido un fracaso. Keeley recibía vestidos adornados poco prácticos que la hacían destacar entre los monos vaqueros de las otras chicas. Había arruinado unos zapatos de ante frívolos en un charco y había usado lazos y cintas que le daban aire de otra época. Y, como represalia, casi se había convertido luego en un chicazo.

Pero se aficionó a la nueva tarjeta de crédito sin problemas, compró con entusiasmo para su inminente papel como esposa de Ariston y se permitió dejarse influir por la amable estilista que le habían asignado los grandes almacenes de lujo. Compró ropa elegida especialmente teniendo en cuenta el embarazo y compró también ropa interior nueva, zapatos y bolsos. ¿Y acaso no disfrutaba de la sensación de seda y cachemira en la piel en lugar de las telas rasposas que llevaba antes? Se dijo que solo hacía lo que le habían ordenado, pero la mirada de especulación que le lanzó Ariston cuando su chófer entró en el apartamento de la City cargado de bolsas le había resultado... incómoda. Como si ella acabara de confirmarle algunos de sus peores prejuicios sobre las mujeres.

Pero el dinero era liberador. Le daba opciones que

no existían antes en su vida y esa sensación de liberación recién adquirida la animó a comprar el vestido de seda escarlata y zapatos a juego, y disfrutó de la reacción de sorpresa de la estilista cuando le explicó que eran para su boda.

—Eres una especie de mujer escarlata, ¿verdad? —había bromeado la mujer.

Y ahora, en la recepción pequeña pero deslumbrante, Keeley se dio cuenta de que Ariston la apartaba un poco para mirarla bien, con sus ardientes ojos revisando cada centímetro de la seda escarlata que se pegaba a las curvas de ella.

—Espectacular —murmuró—. Bastante espectacular.

Ella se sentía expuesta, casi desnuda, lo cual no había sido su intención en absoluto. También se sentía excitada, y eso probablemente era aún más peligroso. Levantó la barbilla con aire de desafío, intentando ahogar el deseo repentino que le calentaba la piel y le endurecía los pezones.

—Entonces, ¿te gusta mi vestido de novia? —preguntó.

—¿Cómo no me va a gustar? Habría sido poco apropiado que una novia que se nota que está embarazada llevara un blanco virginal —Ariston sonrió—. Y a pesar de tu elección poco convencional, con la que sospecho que querías provocarme, permíteme decir que eres una novia arrebatadora, Keeley. Deslumbrante, joven e intensamente fecunda.

—Tomaré eso como un cumplido —murmuró ella, casi sin aliento.

—Es lo que pretende ser —él entrecerró los ojos—. ¿Cómo te sientes, esposa?

Keeley no sabía qué contestar, porque la verdad era compleja y extraña. Por primera vez en su vida, se sentía segura y mimada. Se daba cuenta de que Ariston jamás dejaría que nadie le hiciera daño. Que usaría su fuerza para protegerla a toda costa. Pero se recordó que no lo hacía por ella. Lo hacía porque llevaba dentro una carga preciosa y, como custodia del hijo de él, merecía sus cuidados y atenciones. Por eso era tan considerado, y si ella intentaba ver algo más en aquello, se embarcaría en un camino peligroso.

—Estoy algo cansada —admitió—. Ha sido un día largo y no esperaba que fuera tan... un evento tan grande.

Él frunció el ceño.

—¿Quieres saltarte la comida e irte a casa?

—¿Cómo voy a hacer eso. No quedaría muy bien que la novia no apareciera a su almuerzo de bodas.

—¿Crees que me importa? —él extendió el brazo y le rozó el rostro con las yemas de los dedos—. Tu bienestar está por delante de todo.

—No, de verdad, estoy bien —insistió Keeley.

El contacto de los dedos de él causaba reacciones extrañas en su corazón y, cuando vio que Megan los fotografiaba con el teléfono, algo le hizo querer mantener el mito de su matrimonio. ¿Era orgullo? Forzó una sonrisa cuando vio el flash del teléfono.

—Vamos a reunirnos con los demás —dijo—. Tengo hambre.

Pero su renuencia a abandonar la recepción no era solo por hambre. Temía el regreso al apartamento de Ariston convertidos en marido y mujer, y no solo porque la intimidaba su interior, vasto y muy masculino. Se había hospedado en el famoso hotel Granchester mientras duraban los preparativos, porque Ariston había insistido en que solo compartirían casa como marido y mujer. Lo cual resultaba un poco raro, porque el vientre prominente de ella hacía burla de esas sensibilidades anticuadas. Pero al menos había tenido espacio propio y la posibilidad de acostumbrarse a su nueva vida sin que la distrajera la presencia de Ariston. Sabía que no podía seguir posponiendo vivir con él, pero ahora que se acercaba el momento, estaba aterrorizada. Aterrorizada de compartir un apartamento con él e insegura de cómo lidiaría con eso. A veces se sentía más como una niña que como una mujer adulta que pronto tendría un hijo. Y se preguntaba si eso era normal.

Pero apartó esas reservas de su mente y se sentó para el banquete griego que había proporcionado el hotel. Era un alivio poder comer después de los primeros meses de náuseas. Sentía renacer sus fuerzas mientras consumía las deliciosas ensaladas, aunque solo consiguió terminar la mitad de uno de los ricos pasteles baklava que sirvieron al final del almuerzo. A pesar de que la lista de invitados era relativamente pequeña, aquello parecía una boda de verdad y Ariston incluso le había preguntado si quería que fuera su madre. Keeley se había sentido dividida por su sugerencia. En cierto modo, le resultaba simbólico que su madre presenciara su boda, pero una infección de pecho en el último momento había acabado con la idea. Y quizá fuera mejor así. Aunque hubiera podido darse cuenta de lo que ocurría, ¿le habría importado a su madre verla casada cuando ella había hecho burla del matrimonio?

Keeley se había preguntado por qué Ariston no había sugerido un viaje al juzgado acompañados solo por dos testigos. ¿No habría sido lo más apropiado dadas las circunstancias?

—A lo mejor quiero hacer una declaración de intenciones —había explicado él.

—¿Declaración de intenciones?

—Así es. Gritarlo a los cuatro vientos. Empezar por fingirlo para provocar que ocurra.

—¿Te refieres a poner tu sello sobre mí? —había preguntado ella con acidez—. ¿Marcarme como propiedad de Kavakos, como hiciste la noche que te acostaste conmigo?

A él le habían brillado los ojos como la luz del sol en un mar griego oscuro.

—Sígueme la corriente, Keeley, ¿quieres? Solo por esta vez.

Y ella lo había hecho. Incluso consiguió sonreír cuando él se había levantado para pronunciar un discurso, en el que incluyó una referencia a una escopeta que arrancó risas afectuosas, especialmente a Pavlos.

—Es curioso —dijo este más tarde, moviendo la cabeza—. Ariston siempre juró que nunca se casaría y parecía que lo decía en serio. Jamás habría adivinado que había algo entre vosotros. El día de la galería de arte, se podía cortar el aire con un cuchillo.

Keeley no tuvo valor para desilusionarlo. Se preguntó qué diría si supiera que Ariston se había acostado con ella solo para asegurarse de que su hermano no la quisiera para sí y que ella había sido demasiado estúpida y débil para resistirse. Pero la necesidad de control de él le había salido mal y ahora estaba atado a una mujer a la que no quería, aunque lo disimulaba muy bien. Cuando él alzó su copa para brindar por su esposa, Keeley debería haber odiado su habilidad de interpretación, pero lo que pasó fue que sintió un vacío estúpido en el corazón cuando se sorprendió anhelando algo que nunca podría ser suyo. Él parecía un recién casado y actuaba como tal, pero el brillo frío en sus ojos azules contaba otra historia.

«Jamás te querrá», se dijo. «No lo olvides nunca».

Durante el recorrido hasta el apartamento, Keeley se quitó las flores escarlatas de la cabeza y se sacudió trocitos de confeti del pelo. Pero no pudo sacudirse el desapego cuando Ariston y ella entraron en el impresionante vestíbulo de su bloque de apartamentos, donde mozos y porteros se mostraron atentos y algunos hombres trajeados la miraron con curiosidad. Ella se apretó el chal alrededor de los hombros en un intento vano por ocultar todo lo posible el vestido escarlata. ¿Por qué no se había cambiado antes y puesto algo más práctico?

Un ascensor privado los llevó hasta el ático, con sus vistas impresionantes de muchos de los edificios icónicos de Londres y su serie aparentemente interminable de habitaciones. Las terrazas exteriores estaban llenas de una jungla de plantas, que hacían olvidar que uno se encontraba en el corazón de la ciudad. Keeley solo había estado allí una vez, en una visita incómoda para supervisar la instalación de su ropa nueva en una habitación grande que ahora era su vestidor y donde el ama de llaves de Ariston había colgado cada prenda en hileras ordenadas por colores.

Abrazó su chal cuando entraron en un vestíbulo tan grande como su estudio, donde una estatua de mármol de un hombre parecía mirarla de manera amenazadora.

—¿Y qué hacemos ahora? —preguntó ella sin rodeos.

—¿Por qué no te cambias ese vestido? —sugirió él—. No has dejado de temblar desde que salimos de la recepción. Acompáñame y te recordaré dónde está nuestro dormitorio.

Ella lo miró.

—¿Quieres decir que compartiremos dormitorio?

—No seas ingenua, Keeley —él sonrió—. Por supuesto que sí. Quiero tener sexo contigo. Creía que lo había dejado claro. Es lo que hacen los matrimonios.

—Pero los votos que hemos hecho no eran reales.

—¿No? Entonces podemos hacer que lo sean. ¿Recuerdas lo que he dicho antes de fingirlo para hacer que ocurra? —se echó a reír—. Y no me mires así. Pareces una de esas mujeres de una película antigua a la que han atado a las vías y acaba de darse cuenta de que se acerca el tren. No pretendo comportarme como un cavernícola, si es lo que te preocupa.

—Pero tú dijiste...

—Dije que quería tener sexo contigo. Y es cierto. Pero tiene que ser consentido. Tendrías que entregarte a mí plena y conscientemente. No hablo de un encuentro en mitad de la noche, donde chocan dos cuerpos y cuando quieren darse cuenta están practicando sexo sin intercambiar ni una palabra.

–¿Quieres decir como la noche en la que concebimos a nuestro hijo? –preguntó ella.

Él soltó una risa breve.

–Eso es exactamente lo que quiero decir. Pero esta vez quiero que los dos seamos plenamente conscientes de lo que sucede –hubo una pausa–. A menos que a ti te excite someterte en silencio.

–Ya te lo dije, prácticamente no tengo experiencia sexual –repuso ella.

De pronto le parecía importante que él dejara de considerarla una especie de estereotipo y empezara a tratarla como a una persona real. Se mordió el labio inferior.

–Nunca había tenido un orgasmo hasta que me acosté contigo.

Él la miró y ella pudo ver un brillo de algo incomprensible en sus ojos azules.

–Quizá por eso no me esfuerzo mucho por seducirte –comentó–. Quizá quiera que dejes de mirarme como si fuera el lobo feroz y te relajes un poco. Tu vestidor está ahí al lado. ¿Por qué no te quitas el vestido de novia y te pones algo más cómodo?

–¿Por ejemplo?

–Lo que te haga sentirte bien. Pero no te preocupes –añadió él con sequedad–. Seguro que podré evitar tocarte si eso es lo que quieres.

–Eso es lo que quiero –repuso ella.

Él se volvió y cerró la puerta tras de sí. Keeley pensó que la naturaleza humana era algo curioso. Se había preparado para combatir los avances de él, pero saber que no los iba a haber la decepcionaba. Nunca sabía en qué punto estaba con él. Tenía la sensación de ir de puntillas a nivel emocional. ¿Era esa la intención de Ariston o era solo su modo de comportarse con las mujeres? Bajó la cremallera del vestido rojo e intentó asimilar que aquella habitación con sus vistas increíbles era suya.

Pero no. Suya no. Todo era de él. Hasta el vestido y los zapatos que acababa de quitarse.

Pero el niño de su vientre no. Aquel niño también era suyo.

Entró en el cuarto de baño, terminó de desnudarse, se recogió el pelo encima de la cabeza y llenó la bañera, donde echó una cantidad generosa de aceite de baño antes de meterse. Era la primera vez en todo el día que se relajaba de verdad y permaneció allí un buen rato, estudiando la forma cambiante de su cuerpo mientras el agua se iba enfriando. Al final la sobresaltó la voz de Ariston desde el otro lado de la puerta.

–¿Keeley?

Sus pezones se endurecieron al instante y tragó saliva.

–Estoy en la bañera.

–Lo suponía –hubo una pausa–. ¿Vas a salir pronto?

Ella tiró del tapón y el agua empezó a vaciarse.

–No pienso pasar la noche aquí –dijo.

Se secó y se hizo una coleta con el pelo mojado. Luego se puso unos pantalones de chándal gris claro y un jersey de cachemira del mismo tono y se dirigió a la sala de estar, donde empezaban a brillar como estrellas las luces de los rascacielos, fuera de los grandes ventanales. Ariston se había quitado la corbata y los zapatos y estaba tumbado en el sofá, hojeando unos papeles.

Su camisa blanca, parcialmente desabrochada, dejaba ver parte de su pecho y, con las largas piernas estiradas ante sí, su poderoso cuerpo parecía relajado por una vez. Alzó la vista al entrar ella.

–¿Mejor? –preguntó.

–Mucho mejor.

–Deja de quedarte en la puerta como si fueras una visita. Esta es tu casa ahora. Ven a sentarte. ¿Quieres algo? ¿Una taza de té?

–Eso estaría muy bien –contestó ella.

Era consciente de que hablaban como dos extraños que se hubieran encontrado de pronto encerrados juntos. ¿Pero acaso no era eso lo que eran? ¿Qué sabía en realidad de Ariston Kavakos aparte de lo superficial? Esperaba que tocara un timbre y apareciera su ama de llaves, pero, para su sorpresa, él se puso en pie.

–Voy a prepararlo –dijo.

–¿Tú?

–Soy perfectamente capaz de hervir agua –repuso él con sequedad.

–¿Pero tu ama de llaves no está aquí?

–Esta noche no. Pensé que sería preferible que estuviéramos solos la primera noche de nuestra luna de miel. Sin interrupciones.

Cuando él salió, Keeley se sentó en un sofá. Se sentía aliviada. Al menos podría relajarse sin el escrutinio silencioso de los empleados domésticos, que podían preguntarse por qué una de ellas se había convertido en su nueva señora.

Alzó la vista cuando volvió Ariston, con té de menta para ella y un vaso de whisky para él. Se sentó enfrente de ella y, mientras sorbía el whisky, Keeley pensó en todos los aspectos contradictorios de su carácter que lo convertían en un enigma. Y de pronto deseó saber más. Sospechaba que, en circunstancias normales, él esquivaría cualquier pregunta de ella con impaciencia. Pero aquellas no eran circunstancias normales y no sería posible convivir con un hombre al que no conocía. Un hombre cuyo hijo llevaba en el vientre.

–¿Recuerdas que preguntaste si quería a mi madre en la boda? –dijo.

Él entrecerró los ojos.

–Sí. Y tú me dijiste que no estaba lo bastante bien para asistir.

–Sí. Es cierto. No lo está –ella respiró hondo–. Pero nunca has mencionado a tu madre y acabo de darme cuenta de que no sé nada de ella.

Él apretó los dedos en torno al vaso.

–¿Y por qué vas a saberlo? –preguntó con frialdad–. Mi madre está muerta. Eso es todo lo que necesitas saber.

Unos meses atrás, Keeley podría haber aceptado eso. Conocía su lugar en la sociedad y no veía razones para salir del camino humilde por el que la había llevado la vida. Había hecho lo que había podido en sus circunstancias y había intentado mejorarlas, con distintos niveles de éxito. Pero las cosas eran distintas ahora. Ella era distinta. Llevaba al hijo de Ariston debajo del corazón.

–Perdóname si me resulta intolerable que esquives mi pregunta con una respuesta así –dijo.

–Y tú perdóname si te digo que es la única respuesta que vas a conseguir –replicó él.

–Pero estamos casados. Es curioso –ella respiró hondo–. Tú hablas abiertamente de sexo, pero rehúyes la intimidad.

–Puede que sea porque yo no entro en intimidades.

–¿Pero no crees que deberías intentarlo? No podemos seguir hablando de tazas de té y del tiempo.

–¿Por qué sientes curiosidad, Keeley? ¿Quieres tener algo para controlarme? –dejó el whisky en una mesa cercana–. ¿Alguna información jugosa que te proporcione un dinero por si alguna vez quieres ir a la prensa?

–¿Crees que yo caería tan bajo?

–Ya lo hiciste cuando querías irte de Lasia, ¿recuerdas? ¿O vas a culpar a tus hormonas de tu falta de memoria?

Keeley tardó un momento en recordar lo que había dicho cuando se sentía humillada al darse cuenta de que él se había acostado con ella por las razones equivocadas.

–Eso fue porque dijiste que no me permitirías salir de tu isla –replicó–. Esto es ahora y voy a tener un hijo tuyo.

–¿Y eso cambia las cosas?

–Por supuesto. Lo cambia todo.

–¿En qué sentido?

Keeley se lamió los labios. Se sentía como si estuviera en un juicio.

–¿Y si nuestro hijo...? –empezó a decir.

Y vio que la expresión de él cambiaba de un modo dramático. Era la misma expresión de orgullo fiero que lo había invadido al asistir a la primera ecografía del bebé. Una expresión sorprendente en un hombre que afirmaba no tener emociones.

–¿Y si nuestro hijo empieza a hacer preguntas sobre su familia, como hacen los niños? –continuó ella. ¿No será perturbador que no pueda contestar a ninguna pregunta sobre su abuela solo porque su padre es un estirado que no quiere entrar en intimidades, porque insiste en ocultarse y no contarle esas cosas ni a su esposa?

–¿Tú no has dicho que nuestros votos no eran reales?

Ella lo miró a los ojos.

–Fingirlo para hacer que ocurra, ¿recuerdas?

Hubo una pausa. Él tomó su vaso y bebió un trago largo de whisky antes de volver a dejarlo.

–¿Qué quieres saber? –gruñó.

Había un millón de cosas que ella quería preguntar. Sentía curiosidad por saber qué lo volvía tan arrogante y controlador. Por qué parecía tan distante. Pero optó por una pregunta que quizá le diera alguna idea sobre su carácter.

–¿Qué fue de ella, Ariston? ¿Qué le pasó a tu madre?

Capítulo 9

ARISTON MIRABA los ojos verdes de Keeley con el corazón latiéndole con fuerza. Y aunque en el fondo sabía que ella tenía todo el derecho a preguntarle sobre su madre, todos sus instintos lo impulsaban a no decírselo. Porque, si se lo decía, le revelaría su yo interior y eso era algo que siempre había mantenido encerrado.

Comprendía de dónde procedía su aversión a la intimidad, pero estaba contento con mantenerla. Él hacía las reglas que gobernaban su vida y, si a los demás no les gustaban, mala suerte. Su estilo de vida exigente le había ido muy bien y, aunque sus amantes lo habían acusado de frío e insensible, no había visto motivos para cambiar. Había sido autosuficiente durante tanto tiempo, que se había convertido en un hábito.

Ni siquiera Pavlos conocía los recuerdos oscuros que todavía lo atormentaban cuando menos lo esperaba. Pavlos menos que nadie, porque proteger a su hermano había sido como una segunda naturaleza en él y lo primero en su lista de prioridades. Pero allí estaba Keeley, su esposa embarazada de mirada brillante y curiosa, haciendo preguntas. Y aquello no era una reunión de trabajo, en la que podía aplastar los temas no deseados, ni una amante de la que podía alejarse sin mirar atrás porque era demasiado entrometida. Allí estaba con una mujer a la que estaba ahora atado legalmente, y era imposible evitar responder.

La miró a los ojos.

–Mi madre nos dejó.

Ella asintió y él captó el esfuerzo que hacía para no mostrar su reacción.

–Entiendo. Eso es... poco corriente, porque suele ser el hombre el que se va, pero no es...

–No –la interrumpió él–. ¿Quieres la verdad sin tapujos, Keeley? Pero te advierto que es escandalosa.

–No me escandalizo fácilmente. Olvidas que mi madre también violó todas las reglas.

–Esta no –hubo una pausa–. Ella nos vendió.

–¿Os vendió? –a Keeley le dio un vuelco el corazón–. Ariston, ¿cómo es posible?

–¿Cómo crees tú que es posible? Porque mi padre le ofreció un cheque importante para que saliera de nuestras vidas para siempre y ella lo hizo.

–¿Y no volvió nunca?

–No, no volvió nunca.

Keeley parpadeó sin comprender.

–¿Pero por qué?

Ariston apretó los dientes. Deseaba que ella parara ya. No quería continuar porque entonces empezaría el dolor. Un dolor amargo y abrasador. No por él, sino por Pavlos, el bebé cuya madre no lo había querido lo bastante para luchar por él. Sintió que se le encogía el corazón cuando empezó a hablar.

–No digo que mi padre no tuviera culpa –dijo con

amargura–. Claro que sí. Lo habían criado para que pensara que era una especie de dios, el hijo de uno de los dueños de barcos más ricos del mundo. Era un mujeriego. En un momento en el que el amor libre era moneda corriente, siempre tenía mujeres, muchas mujeres. Por lo que tengo entendido, mi madre decidió que no podía tolerar más sus infidelidades y le dijo que ya había tenido bastante.

–Y si era así –preguntó Keeley con cautela–, ¿por qué no se divorció de él?

–Porque a él se le ocurrió algo mucho más atractivo que un divorcio complicado. Le ofreció mucho dinero si desaparecía y nos dejaba en paz. «Una ruptura limpia», lo llamó él. Mejor para él. Mejor para ella. Mejor para todos –frunció los labios–. Ella solo tenía que firmar un acuerdo diciendo que nunca volvería a ver a sus dos hijos.

–¿Y lo firmó?

–Lo firmó –afirmó él, sombrío–. Firmó y se fue a empezar otra vida en Estados Unidos. Y no volvimos a verla nunca más. Pavlos era solo un bebé.

–¿Y tú?

–Yo tenía diez años –repuso él con una voz sin inflexiones. Una voz que, en opinión de Keeley, podía partirle el corazón a cualquiera.

–¿Y qué pasó luego? –preguntó ella.

Ariston se puso en pie, recogió sus papeles e hizo un montoncito ordenado con ellos en la mesa antes de contestar.

–Mi padre estaba ocupado celebrando lo que le parecía el trato perfecto, haberse librado de una esposa irritante. Contrató niñeras que nos cuidaran, pero ninguna pudo ocupar el lugar de nuestra madre. Aunque yo era pequeño, sospechaba que muchas habían sido elegidas por su aspecto más que por su habilidad para cuidar de un bebé confuso y asustado.

Fijó la vista a lo lejos.

–Fui yo el que cuidó de Pavlos desde el principio. Era mi responsabilidad. Yo lo bañaba y le cambiaba los pañales. Le enseñé a nadar y a pescar. Le enseñé todo lo que sabía porque quería que fuera un niño normal. Y cuando llegó el momento, insistí en que fuera a un internado en Suiza porque lo quería lejos del estilo de vida libertino de mi padre. Por eso lo alenté a hacerse marinero, porque, cuando estás en el mar, no te dejas influir ni seducir por la riqueza. A tu alrededor solo hay mar, viento y naturaleza salvaje.

Y de pronto Keeley comprendió mucho mejor a Ariston Kavakos, su necesidad de control y lo que antes le había parecido una actitud sobreprotectora hacia su hermano menor.

Y comprendió también por qué había amenazado con luchar por su hijo, por despiadado que pudiera parecer eso. Porque a Ariston no le gustaban las mujeres. ¿Y quién podía culparlo? Él no pensaba que las mujeres eran la parte que merecía quedarse al hijo en caso de separación. Él había visto una burla del llamado vínculo materno. Había luchado por proteger a su hermano y haría exactamente lo mismo por su hijo.

¿Pero habría sido tan mala su madre? ¿No corría el peligro de ver solo una versión de la historia?

–Quizá ella no habría podido hacer nada contra el poder de tu padre si hubiera intentado luchar por la custodia –aventuró.

–Al menos podría haberlo intentado –repuso él con voz helada–. O haber venido de visita. Haber escrito una carta, llamado por teléfono...

–¿No estaba deprimida? –preguntó ella a la desesperada, buscando algo, lo que fuera, para intentar entender qué podía haber motivado a una mujer a abandonar así a un bebé y a un hijo de diez años. Un niño que se había convertido en un hombre poderoso con un corazón de piedra.

–No, Keeley, no estaba deprimida. O si lo estaba, lo ocultó bien con una serie interminable de fiestas. Le escribí una vez –dijo él–. Justo antes del quinto cumpleaños de Pavlos. Hasta le envié una foto suya, jugando con un castillo de arena que habíamos hecho juntos en la playa de Assimenos. Quizá pensé que esa imagen le haría volver. Quizá mantenía todavía la ilusión de que en el fondo lo quería.

–¿Y?

–Y nada, Me devolvieron la carta sin abrir. Y un par de semanas después nos enteramos de que se había pinchado una dosis de heroína mayor de lo habitual –su voz vaciló un instante y, cuando volvió a hablar, estaba llena de desprecio–. La encontraron en el suelo del cuarto de baño con una jeringa en el brazo.

Keeley se frotó las manos para intentar borrar así el frío que le cubría de pronto la piel.

–¡Pobre mujer! –musitó.

Ariston, recuperada ya la compostura, la miró con ojos tan fríos como el mar de invierno.

–¿La defiendes? ¿Defiendes lo indefendible? ¿Crees que todo el mundo tiene algún rasgo que lo redime? ¿O es porque se trata de un miembro de tu sexo?

—Solo intentaba verlo desde otra perspectiva, eso es todo —Keeley respiró hondo—. Siento lo que os pasó a Pavlos y a ti.

—Ahórratelo. No te lo he contado porque quisiera tu comprensión.

—¿No? ¿Y por qué me lo has contado?

Ariston se acercó a ella y Keeley contuvo el aliento porque estaba lo bastante cerca para tocarla y porque su cuerpo poderoso trasmitía rabia.

—Para que reconozcas lo que es importante para mí —dijo él con voz ronca—. Y comprendas por qué nunca dejaré ir a mi hijo.

Ella lo miró y el corazón le latió con fuerza. Eso lo entendía, ¿pero dónde la dejaba aquello? ¿Tenía que ser castigada por los pecados de su madre? ¿Sería siempre otra mujer a la que despreciar y mirar con recelo?

Apartó la vista de la distracción del hermoso rostro de él hasta las manos que apretaba con fuerza en su regazo. Miró el anillo de oro, colocado entre los diamantes del anillo de compromiso y pensó en lo que significaban esos anillos. Posesión, principalmente. Pero hasta el momento no había habido posesión física. Y sin embargo, a pesar de todo, lo deseaba. Quizá más que antes, porque lo que acababa de decirle le hacía parecer más humano. Había revelado la oscuridad de su alma y ella había llegado a entenderlo un poco mejor. ¿Eso no podría acercarlos un poco? ¿No podían intentarlo al menos?

Quería saborear la sal sutil de su piel e inhalar su

virilidad. Quería volver a sentirlo dentro de ella. Pasó el dedo por los diamantes fríos. Podía mostrarse orgullosa y distante y empujarlo a los brazos de otra mujer, si era eso lo que quería. Pero esa idea le resultaba repelente.

Se lamió los labios secos porque la alternativa tenía también sus inconvenientes. ¿Él era consciente de que la invadía la intimidad al intentar seducir a un hombre tan experimentado como él? Lo único que habían compartido hasta el momento había sido una noche de pasión con el ruido del mar apagando sus gritos. Había ocurrido tan espontáneamente, que no había tenido que pensar en ellos, mientras que la idea de tener sexo con él ahora parecía calculada. ¿Esperaba él que se levantara y le echara los brazos al cuello, o que pegara su cuerpo al de él como había visto hacer en las películas?

–¿Ariston? –preguntó. Alzó la vista hacia él en una súplica silenciosa.

Ariston leyó consentimiento en los estanques oscurecidos de sus ojos verdes y una oleada de deseo lo invadió. Le había contado más cosas que a ningún otro ser vivo y el instinto le decía que sería mejor esperar a que hubiera recuperado la compostura del todo antes de tocarla. Hasta que los recuerdos amargos se hubieran debilitado. Pero su necesidad era tan fuerte, que la idea de esperar le resultaba intolerable. ¡Qué irónico que aquella mujer llevara un hijo suyo en el vientre y, sin embargo, él conociera tan poco su cuerpo! Apenas había explorado la opulencia de sus pechos ni acariciado el vello rubio que guardaba su más preciado tesoro. Tiró de ella para levantarla, impaciente por sentir su cuerpo fundirse contra él.

–¿Un matrimonio de verdad? –preguntó. Le alzó la barbilla con los dedos para que solo pudiera mirarlo a él–. ¿Es eso lo que quieres, Keeley?

–Sí –respondió ella–. O tan de verdad como podamos hacerlo.

Pero cuando tiró de la cinta de su cola de caballo para que le cayera el pelo en ondas, Ariston comprendió que tenía que ser sincero con ella. Keeley tenía que entender que las confidencias que habían compartido ese día no serían algo habitual. Le había dicho lo que ella necesitaba saber para entender de dónde procedía. Pero tenía que aceptar sus limitaciones, una en especial.

–No esperes que sea el hombre de tus sueños –dijo con voz ronca–. Seré el padre y el esposo que pueda ser y te volveré loca en la cama. Eso te lo prometo. Pero nunca podré amarte. ¿Lo comprendes? Porque si puedes aceptar eso y estás dispuesta a vivir con ello, podemos hacer que esto funcione.

Ella asintió. Abrió los labios como para hablar, pero él ahogó sus palabras con un beso. Porque había terminado de hablar. Quería aquello y lo quería ya. Pero no allí. La tomó en brazos y echó a andar hacia el dormitorio.

–Peso mucho –protestó ella sin convicción.

–¿Eso crees? –preguntó él.

Vio que ella abría mucho los ojos cuando abrió la puerta del dormitorio de una patada y se dio cuenta demasiado tarde de que ese era el tipo de cosas con las que las mujeres construían sus fantasías. Pues muy bien. Él solo podía ser como era en realidad. ¿No le había advertido de lo que era capaz y de lo que no? La depositó vestida sobre la cama, pero cuando ella empezó a arañarle los hombros, le apartó las manos con gentileza.

–Déjame desnudarme antes –dijo.

Cuando se desabrochó la camisa, le temblaban los dedos como a un borracho y eso lo divirtió. ¿Qué poder tenía aquella rubia sobre él con aquellos ojos verdes oscurecidos por el deseo? ¿Era porque llevaba dentro a su hijo? ¿Era eso lo que le hacía sentirse poderoso y débil a la vez?

Vio que ella abría mucho los ojos cuando dejó caer la camisa el suelo y se quitó los pantalones, pero la pregunta que habría hecho normalmente de si disfrutaba con el espectáculo no le pareció apropiado Porque aquello era... diferente. Sintió una punzada de rebelión. ¿Acaso se había creído los votos que había hecho ese día?

–Ariston –susurró Keeley, y de pronto se sintió confusa porque no sabía qué había hecho que se oscureciera su rostro. ¿Se estaría arrepintiendo? Pero no. Podía ver por sí misma que ese no era el caso, y aunque tanta hambre sexual debería haberla asustado, la verdad era que se estremecía de anticipación.

Alzó los labios, pero el beso de él fue solo un roce breve antes de bajarle los pantalones y sacarle el jersey por la cabeza, de modo que ella se quedó en ropa interior. Y Keeley se alegró de haber dejado que la estilista la convenciera de comprar un conjunto a juego que había costado una fortuna. El sujetador de seda, que se abrochaba delante, se pegaba a sus pechos y las braguitas a juego hacían que sus piernas parecieran mucho más largas que de costumbre. La apreciación que mostraban los ojos de él le hacía sentirse muy femenina.

Él posó una mano en el pecho de ella y Keeley sintió que se endurecía su pezón. Él también debió de notarlo, porque una sonrisa breve curvó sus labios.

—Te deseo –murmuró.

—Yo también a ti –susurró ella.

Él se inclinó para bajarle las braguitas.

—Nunca he hecho el amor con una embarazada.

Keeley lo miró con reproche.

—Espero que no.

—Todo esto es nuevo para mí –dijo él. Abrió el sujetador y bajó la cabeza para tomar uno de los pezones entre los dientes.

—Para mí también –gimió ella. Echó atrás la cabeza y la apoyó en la almohada.

Él tardó su tiempo. Más tiempo del que ella habría creído posible dada su evidente excitación. El cuerpo de él estaba tenso cuando acariciaba la piel de ella como si estuviera decidido a volver a familiarizarse con aquella versión nueva y embarazada de ella. Y a Keeley le encantaba lo que le hacía. Él le palmeó los pechos y trazó círculos pequeños alrededor de su ombligo con la punta de la lengua. Enredó sus dedos en el vello púbico de ella y la acarició hasta que se retorció. Hasta que sus terminaciones nerviosas estaban tan excitadas que creía que no podría soportarlo más. Hasta que ella susurró su nombre y él la penetró por fin. Keeley gimió cuando la llenó con su pene en la primera embestida y él se quedó inmediatamente inmóvil y le miró la cara.

–¿Te hago daño?

–En absoluto. Eres... –el instinto le hizo adelantar las caderas para que él entrara todavía más en su cuerpo. Porque aquello era más seguro que decirle que era el hombre más atractivo que había visto jamás y que no podía creer que fuera su esposo.

–¡Oh, Ariston! –exclamó. Dio un respingo cuando él empezó a moverse dentro de ella.

Y él sonrió porque aquel sonido sí le resultaba familiar. El sonido de una mujer pronunciando así su nombre. Se obligó a concentrarse en el placer de ella, en hacer que nunca olvidara su noche de bodas. Porque una mujer satisfecha era una mujer dócil y eso era lo que más le convenía. Cuando ella llegó al orgasmo, él estaba a punto de perder su autocontrol, así que se permitió por fin el lujo de su propio orgasmo. Pero no estaba preparado para el modo en que atravesó su cuerpo como una tormenta furiosa ni para el sonido primitivo, casi salvaje, que surgió de su garganta.

Capítulo 10

UN BRILLO suave se coló por debajo de las pestañas de Keeley y se desperezó con languidez. Repleta de los placeres de la noche y con el olor almizcleño del sexo persistente todavía en el aire, extendió el brazo en busca de Ariston, pero el espacio a su lado en la cama estaba vacío y la sábana fría. Buscó su reloj, parpadeando, y miró al otro lado de la habitación. Eran poco más de las seis de la mañana de un sábado y allí estaba su esposo, abrochándose los gemelos. Ella se incorporó un poco en la cama.

–¿Vas a trabajar?

Él se acercó a la cama.

–Me temo que sí.

–Pero es sábado.

–¿Y?

Keeley apartó el edredón. Se dijo que la dedicación de Ariston al trabajo era el precio que se pagaba por estar casada con un hombre tan rico. Pero le resultaba difícil no mostrarse disgustada porque habría sido agradable pasar la mañana en la cama por una vez. Haber hecho cosas como los recién casados normales, gemir, reír por encontrarse migas en la cama o debatir a quién le tocaba hacer el café.

Pero ella no era una recién casada normal, claro. Era la esposa de un hombre poderoso que se había casado con ella solo por el bien del bebé.

Forzó una sonrisa.

–¿A qué hora volverás a casa? –preguntó.

Ariston tomó su chaqueta y miró a Keeley tumbada sobre la cama. Sus pesados pechos se desbordaban por encima del camisón de seda, lo cual, de algún modo, le daba un aire aún más decadente que si hubiera estado desnuda. Tragó saliva para paliar la sequedad repentina que sentía en la boca. Había sido una noche en la que ella se había mostrado todavía más sensual que de costumbre, con respuestas desinhibidas a los avances de él.

Había llegado a casa con un ramo de flores que había comprado impulsivamente a un vendedor callejero fuera de la oficina, un ramo vibrante que no se parecía a las rosas de tallo largo que solía encargar una de sus secretarias para aplacarla cuando se veía retenido en una reunión. Y Keeley las había tomado con placer, había enterrado la nariz en ellas y había ido a la cocina a ponerlas en agua antes de que el ama de llaves la apartara para ocuparse ella de la tarea.

Se le encogió el corazón al recordar el brillo suave de los ojos de ella cuando se había puesto de puntillas para besarlo. Después de cenar, la había sentado en sus rodillas y había jugado perezosamente con su pelo hasta que ella se había girado con una pregunta silenciosa y él la había llevado al dormitorio con un gemido de posesión primitiva. ¿Le había dicho en una ocasión que no era un cavernícola? Porque se había equivocado. Y no le gustaba equivocarse.

La vio colocarse un mechón de pelo detrás de las orejas y el movimiento hizo que sus pechos tensaran todavía más el satén suave del camisón. Ariston se obligó a apartar la vista. A alinear los gemelos debajo de la chaqueta como si esa fuera la tarea más importante del día.

¿Conocía ella el poder creciente que tenía sobre él? Seguramente sí. Hasta alguien tan relativamente inocente como ella no podía ignorar el hecho de que a veces él no sabía ni qué día era cuando lo miraba con sus ojos verdes. Quizá intentaba ampliar ese poder sutil. Tal vez fuera esa la razón de la expresión de determinación que había cruzado su rostro suave.

—¿Ariston? —preguntó ella—. ¿Es necesario que vayas?

—Me temo que sí. Anatoly Bezrodny viene desde Moscú el lunes y tengo que mirar algunas cosas antes de que llegue.

Hubo una pausa. Ella encendió la luz de la mesilla e hizo un mohín con los labios.

—Pasas más tiempo en la oficina que en casa.

—¿Quizá te gustaría dictarme mi agenda? —preguntó él—. ¿Hablar con mi secretaria para que consulte mis citas contigo?

—Pero tú eres el jefe —protestó ella, sin dejarse disuadir por la regañina—. Y no tienes por qué trabajar tantas horas. ¿Por qué lo haces?

—Lo hago porque soy el jefe. Tengo que dar ejemplo. Por eso tienes una casa hermosa en la que vivir y mucha ropa bonita que ponerte. Deja de protestar y dale un beso de despedida a tu esposo —se acercó a la cama y se inclinó sobre ella–. No has olvidado que esta noche cenamos fuera, ¿verdad?

–Pues claro que no –ella alzó sus labios a los de él–. Lo estoy deseando.

Pero a él le pareció que el beso que le dio era más obligado que apasionado y eso era un desafío para él, porque no le complacía nada que no fuera una capitulación total. Tomó el rostro de ella entre sus manos y profundizó cl beso hasta que Keeley empezó a gemir y él se sintió muy tentado a darlc lo que quería, hasta que una mirada rápida al reloj le indicó que su coche estaría esperando abajo.

–Más tarde –prometió, antes de alejarse de mala gana.

Cuando se marchó, Keeley se recostó en las almohadas y parpadeó para reprimir las lágrimas que llenaban sus ojos. ¿Qué le ocurría y por qué estaba tan insatisfecha últimamente? Al casarse con Ariston, sabía perfectamente dónde se metía. Sabía que era un adicto al trabajo y que nunca le había prometido su corazón. Había sido sincero desde el principio y le había dicho que nunca podría amarla. Y ella lo había aceptado. Le daba tanto como era capaz de dar. Keeley cerró los ojos y suspiró. Él no tenía la culpa de que los sentimientos de ella estuvieran cambiando, de que quisiera más de lo que él estaba dispuesto a dar. Y era inútil permitir que se intensificaran esos sentimientos. Se llevaría una decepción si seguía anhelando lo que no podía tener, en vez de sacarle el máximo provecho a lo que tenía.

Tomó el delicioso desayuno que había preparado la cocinera de Ariston y le dijo al chófer que no lo necesitaría ese día. Le dio la impresión de que el chófer parecía casi decepcionado y ella se preguntó, no por primera vez, si Ariston no le habría pedido que la vigilara. No. Tomó su bolso y comprobó que llevaba el teléfono móvil. No debía empezar a pensar de ese modo. Eso era ser paranoica.

Pensó en ir a ver las hojas de otoño en Hyde Park, pero algo le hizo tomar el metro hasta New Malden. ¿Era la nostalgia lo que le hacía volver a su antiguo barrio? ¿Para mirar su antiguo barrio e intentar recordar a la persona que había sido antes de que Ariston hubiera entrado en su vida y la hubiera cambiado de arriba abajo? Se encontró caminando por calles familiares hasta que llegó a su antiguo estudio y se quedó mirando la ventana. Se preguntó si imaginaba que la gente le lanzaba miradas subrepticias. ¿Parecía fuera de lugar persiguiendo fantasmas del pasado con su ropa cara y su bolso de diseño?

Almorzó en un bar de sándwiches y pasó la tarde en la peluquería antes de volver a casa a prepararse para la cena, pero no consiguió sacudirse un aire de tristeza cuando el ama de llaves le abrió la puerta. No sabía lo que había esperado de su matrimonio con Ariston, pero no había sido aquella sensación de aislamiento. Sabía que él era complicado, distante y exigente, pero... Bueno, había tenido esperanzas.

¿Había pensado que la convivencia y un sexo increíble los acercarían más? ¿Que lo que había empezado como un matrimonio de conveniencia podría convertirse, si no en uno de verdad, sí en uno que se le pareciera? Por supuesto que sí, porque las mujeres estaban programadas para pensar así. Querían intimidad y compañía, especialmente si iban a tener un hijo. Sabía que había roto una barrera invisible cuando él le había contado el dolor de su infancia, y después de la pasión de la noche de bodas había esperado que la intimidad aumentara entre ellos. Pero no.

¿Y ahora?

Se puso un vestido de noche de seda negra por la cabeza, con cuidado de no despeinarse. Ahora se veía obligada a aceptar la dura realidad de estar casada con alguien que apenas parecía notar su presencia, a menos que estuviera desnuda. Un hombre que se marchaba por la mañana temprano y regresaba a la hora de cenar. Sí, la acompañaba a todas las citas con el doctor y murmuraba las palabras apropiadas cuando veía a su hijo en la pantalla. Y de vez en cuando iban juntos al campo o veían juntos una película, pasos pequeños que le hacían esperar que podrían tener algo de intimidad no sexual. Pero sus esperanzas se veían ahogadas cada vez que la apartaba él, el señor Enigmático que jamás volvería a cometer el error de confiarse a ella.

Ariston llegó a casa con prisa y fue directo a la ducha. Salió de su vestidor con un traje negro como su pelo espeso. Se acercó a la cómoda ante la que estaba sentada ella y empezó a masajearle los hombros, cubiertos solo por los tirantes del vestido negro. Keeley sintió al instante los estremecimientos predecibles del deseo y se endurecieron sus pezones.

—Ariston —dijo con voz ronca, cuando los dedos de él bajaron de sus hombros a acariciar su caja torácica.

–¿Qué? Solo estoy compensando por lo que no he tenido tiempo de hacer esta mañana. ¿Y cómo voy a evitar tocarte si estás tan hermosa?

Ella se puso un pendiente de ópalo.

–No me siento particularmente hermosa –dijo.

–Pues lo eres. Te lo digo yo. De hecho, tengo tentaciones de llevarte ahora mismo a la cama para demostrarte cuánto me excitas. ¿Eso te gustaría?

Por supuesto que le gustaría. Pero usar el sexo como única forma de comunicación empezaba a resultar peligroso. El contraste entre su pasión física y su distancia mental resultaba desconcertante y... perturbador. Keeley se puso el segundo pendiente.

–No tenemos tiempo.

–Pues saquemos tiempo.

–No –dijo ella con firmeza.

Se puso en pie. Llevaba unos zapatos que probablemente no eran la elección más sensata para una mujer embarazada, pero era la primera vez que iba a ver a los colegas de Ariston y, naturalmente, quería impresionar.

–No quiero llegar con las mejillas sonrojadas y el cabello revuelto después de haber pasado media tarde en la peluquería.

–Pues la próxima vez quizá deberías saltarte la peluquería si te pone de tan mal humor –gruñó él.

Era una de aquellas pequeñas riñas estúpidas que surgían de pronto y Keeley sabía que debía despejar la atmósfera, que seguía tensa cuando entraron en el automóvil. Su mal humor no iba a mejorar las cosas. Le puso una mano en la rodilla a Ariston y sintió el músculo duro flexionarse bajo sus dedos.

–Siento haber estado gruñona.

Él la miró.

–No te preocupes –repuso–. Probablemente solo serán las hormonas.

Ella quería gritar que no todo tenía que ver con sus condenadas hormonas, pero se contuvo. Miró su vientre antes de alzar la mirada hasta la de él. ¿Por qué no hablarle de algo que le preocupaba últimamente, un tema práctico que podía mejorar la calidad de sus vidas? Vaciló un momento.

–¿Es necesario que tengamos tantos empleados? –preguntó al fin.

Él entrecerró los ojos.

–No sé a qué te refieres.

Ella se encogió de hombros.

–Tenemos ama de llaves, mujer de la limpieza, cocinera, chófer y secretaria, además de un hombre que viene una vez a la semana a regar las plantas de la terraza.

–¿Y? Es un apartamento grande. Todos tienen un papel necesario en mi vida.

–Ya lo sé. Pero creo que yo también podría ayudar.

Ariston frunció la frente.

–¿Haciendo qué?

–No sé. Tareas. Cosas. Algo que me haga sentir como una persona real que está conectada con el mundo, más que como una muñeca a la que le dan todo hecho. Limpiar un poco, quizá. O cocinar –se mordió el labio–. Pero el otro día le ofrecí a Maria pelar patatas y reaccionó como si hubiera amenazado con tirar una bomba en mitad de la cocina.

–Probablemente porque no le pareció apropiado

–contestó él, que parecía elegir sus palabras con cuidado.

–¿Y eso por qué?

–Porque tú ya no eres una empleada –Ariston ya no intentó ocultar su irritación–. Ahora eres la señora de mi casa y yo preferiría que te portaras como tal.

Ella se sentó más recta.

–Hablas como si te avergonzaras de mí.

–No seas absurda –replicó él–. Pero no es posible saltar entre los dos mundos, eso tienes que entenderlo. No puedes pelar patatas un momento y al momento siguiente pedirle a alguien que te sirva té. Tienes que tener claro tu nuevo papel y demostrárselo a todos para que nadie se confunda. ¿Comprendes?

Ella tragó saliva.

–Creo que capto la idea general.

Él le tomó la mano.

–Y todo irá mejor cuando tengas al bebé.

–Sí, probablemente. Al menos eso es algo que puedo hacer yo.

Hubo una pausa. Él le acariciaba la mano con el pulgar.

–Aunque necesitaremos una niñera, por supuesto –añadió él.

–Pero... –Keeley empezaba a sentir gotas de sudor en la frente–. Pensaba que, como te ocupaste tanto de Pavlos, no querrías que tuviéramos ayuda exterior con el bebé. ¿Estoy equivocada también en eso?

Vio que se oscurecía el rostro de él.

–Obviamente, tú harás casi todo, pero yo estaré fuera trabajando la mayor parte del día –dijo.

–¿Y? –preguntó ella, confusa.

Los ojos de él reflejaron un momento el brillo de las luces cuando el automóvil se detuvo delante del restaurante.

–Y necesitamos una niñera que hable griego para que mi hijo crezca hablando mi lengua. Eso es vital, teniendo en cuenta todo lo que heredará algún día.

Keeley seguía pensando en esas palabras cuando entraron en el restaurante griego, donde los condujeron hasta la mejor mesa del comedor. Pero ella casi no se fijó en la decoración de las paredes, pintadas de azul cielo, ni en las columnas de mármol que daban la impresión de que estuvieran en un templo griego antiguo. Seguía rumiando la noticia de la niñera de tal modo que le costó concentrarse en los nombres de los colegas de Ariston ni de sus hermosas esposas, todas esbeltas y morenas. Recitó los nombres para sí en silencio, como un niño que aprendiera las tablas de multiplicar. Theo y Anna. Nikios y Korinna.

Y por supuesto, todos hablaban griego de vez en cuando. ¿Y por qué no, si era su lengua materna? Aunque pasaban enseguida al inglés para no excluirla, Keeley se sentía fuera de lugar. Y aquello sería lo que ocurriría cuando tuviera el niño. Estaría en la periferia de todas las conversaciones y eventos. La madre inglesa que no se podía comunicar con su hijo medio griego. Que permanecía al margen como un fantasma silencioso. Tragó saliva. A menos que hiciera algo al respecto. Tenía que empezar a ser proactiva en lugar de dejar que los demás decidieran su destino por ella. Si no le gustaba algo, tenía que cambiarlo.

Los hombres conversaban entre ellos y Keeley miró a Korinna, que jugueteaba con su sorbete de manzana.

—Estoy pensando en aprender griego —dijo.

—Bien hecho —Korinna sonrió—. Aunque no es un idioma fácil.

—No, ya me doy cuenta —respondió Keeley—. Pero voy a hacer todo lo que pueda.

Cuando volvía del lavabo, se cruzó con el camarero joven que les había servido toda la cena y él se hizo a un lado para dejarla pasar.

—¿Disfruta de la comida, Kyria Kavakos? —preguntó solícito.

—Oh, sí. Es deliciosa. Mis cumplidos al chef.

—Disculpe la intromisión —dijo él, en un inglés impecable—. Pero he oído que quiere aprender griego.

—Así es.

Él sonrió.

—Si quiere, puedo ayudarla. Mi hermana es profesora y es muy buena. Enseña en la Escuela Griega de Camden, pero también da clases privadas. ¿Quiere que le dé su tarjeta?

Keeley vaciló cuando le tendió la tarjeta. Se dijo que sería una grosería rechazar una oferta así y quizá aquello era el destino que intervenía para ayudarla. ¿No sería una buena sorpresa para Ariston que se diera cuenta de que ella hacía un esfuerzo por integrarse en una cultura que era tan importante para él?

Le demostraría de lo que era capaz. Y él estaría orgulloso de ella.

—Gracias —dijo con una sonrisa. Tomó la tarjeta y la guardó en el bolso.

Capítulo 11

ARISTON ENTRÓ silenciosamente en el apartamento y oyó que alguien recitaba lentamente el alfabeto griego. Se quedó inmóvil. Los sonidos llegaban de la sala de música, que estaba situada en el extremo más alejado del ático, y los pronunciaba una voz que no reconoció. Frunció el ceño. A continuación oyó una segunda voz que repetía las letras con dificultad y se dio cuenta de que era su esposa. Echó a andar por el pasillo y lo que vio lo pilló por sorpresa. Una chica griega muy guapa, ataviada con un suéter y una falda vaquera muy corta, estaba de pie al lado de una de las grandes ventanas, y su esposa, sentada cerca del piano, leía en alto de un libro de texto. Las dos levantaron la vista al entrar él y Ariston vio que Keeley lo miraba dudosa.

–¿Qué pasa aquí? –preguntó él, con una sonrisa que intentaba ser agradable.

–¡Ariston! No te esperaba.

–Eso parece –él enarcó las cejas–. ¿Y quién es esta?

–Eva. Es mi profesora de griego.

Hubo una pausa.

–No sabía que tuvieras una profesora de griego.

–Porque no te lo he dicho. Quería que fuera una sorpresa.

–Oigan, veo que están ocupados –Eva miró primero a uno y luego al otro y empezó a recoger un montón de papeles y guardarlos en un maletín de piel–. Será mejor que me vaya.

–No –dijo Keeley–. Todavía queda media hora de clase.

–Siempre puedo volver –repuso Eva, con una voz animosa que sugería que eso no sería una opción.

Ariston esperó hasta que Keeley acompañó a la profesora a la puerta y regresó a la sala de música, donde lo miró de hito en hito.

–¿A qué ha venido eso? –preguntó.

–Yo puedo preguntarte lo mismo. ¿Quién demonios es Eva?

–Ya te lo he dicho. Es mi profesora de griego. ¿No es obvio?

–Tu profesora de griego –repitió él despacio–. ¿Y dónde la has encontrado?

Keeley suspiró.

–Es la hermana del camarero que nos sirvió la noche que fuimos al restaurante Kastro. Me oyó decirle a Korinna que quería aprender griego y me dio la tarjeta de Eva cuando volvía del lavabo.

–Repite eso –dijo él–. ¿Es la hermana de un camarero al que conociste en un restaurante?

–¿Qué tiene eso de malo?

–¿Lo preguntas en serio? –quiso saber él–. Piénsalo bien. No conoces a esas personas.

–Ahora ya sí.

–Keeley –explotó él–. ¿No te das cuenta de las consecuencias potenciales de invitar a desconocidos a mi casa?

–También es mi casa –contestó ella, con voz temblorosa–. Al menos, eso creo.

Ariston alteró con esfuerzo su tono de voz para intentar ahogar la furia que crecía dentro de él.

–No pretendo ser difícil, pero mi posición no es como la de otros hombres. Sucede que soy extremadamente rico y tú lo sabes.

–Oh, sí, lo sé. No es probable que lo olvide, ¿verdad? –replicó ella con calor–. ¿Qué quieres que haga, que vaya corriendo a ver si Eva se ha llevado uno de tus preciosos huevos Fabergé?

–O quizá –continuó él, como si no la hubiera oído–, presentarte a la profesora de griego era una distracción inteligente y el guapo camarero tiene algún interés en ti.

–¿Crees que tiene interés por mí? –Keeley se levantó y soltó una risa de incredulidad mientras se colocaba las manos en la curva del vientre–. ¿Conmigo así? ¡Cómo te atreves! ¿Cómo te atreves a decirme algo así?

Ariston escuchó sus palabras, pero en lugar de sentirse irritado por su desafío, solo pudo pensar lo atractiva que resultaba enfadada. El pelo rubio le caía salvajemente en torno a la cara y sus ojos verdes escupían fuego esmeralda. La tomó en sus brazos y ella abrió mucho los ojos y le golpeó furiosamente el pecho con las manos, pero gimió cuando él empezó a besarla y volvió a gemir cuando le rozó el pezón y sintió que este se endurecía en su mano. Ella le devolvió el beso y el suyo era caliente, duro y furioso, pero dejó de golpearlo con las manos. Él la atrajo hacia sí para que notara lo excitado que estaba y ella se retorció contra él con frustración furiosa.

Ariston deslizó las manos bajo el vestido de ella y empezó a acariciarle los muslos. Oía la respiración jadeante de ella y, cuando se desabrochó el cinturón y se quitaba el pantalón, tenía la sensación de que podía explotar. Estaba duro como una piedra y el olor inconfundible de la excitación de ella impregnó el aire cuando los dedos de él tocaron sus braguitas y las encontraron húmedas. Muy húmedas. Volvió a gemir y ella también lo hizo cuando él deslizó un dedo en su carne dulce, seguro de que el sexo disolvería la tensión entre ellos, como hacía siempre. ¿No podía mostrarle quién era el jefe y no aceptaría eso el cuerpo de ella, como hacía siempre? Keeley le echó los brazos al cuello y él se disponía a tomarla en brazos y llevarla hasta el diván cuando recuperó el sentido común.

—No —dijo de pronto.

Su corazón protestó cuando retiró la mano de ella de sus pantalones y la apartó.

Ella tardó varios momentos en hablar y, cuando lo hizo, lo miró confuso.

—¿No?

—No te deseo, Keeley. Ahora no.

—¿No me deseas? —preguntó ella. Soltó una risita de incredulidad—. ¿Estás seguro? ¿No es así como te gusta arreglar todas nuestras disputas?

Él reprimió un gemido y se obligó a alejarse.

—No voy a hacer el amor contigo cuando los dos estamos de este humor —dijo con voz espesa—. Estoy enfadado y tú también, y temo que pueda ser más... brusco contigo de lo que debería.

—¿Y?

–Y eso no es muy buena idea contigo embarazada.

Keeley lo miró mientras el deseo salía de su cuerpo como el agua de la bañera y en su lugar quedaba un vacío. Porque, independientemente de lo que hiciera o de lo que dijera, o de lo mucho que se esforzara o el tiempo que estuvieran casados, Ariston siempre estaría al mando. Podía aprender griego, pero no supondría ninguna diferencia. Podía incluso intentar averiguar algo más sobre los barcos que poseía su marido, pero sería perder el tiempo. Porque lo que ella quería no contaba. Solo contaba lo que quería él y siempre sería así, porque él mandaba y llevaba años haciéndolo.

Quería que ella supiera cuál era su sitio y que lo consultara todo con él. No quería extraños en la casa y, ahora que ella ya lo sabía, esperaba que respetara sus deseos. Su casa se había convertido en su cárcel y su esposo era el carcelero. Y la razón por la que no quería hacerle el amor en aquel momento no tenía nada que ver con sus miedos sobre el embarazo. La expresión de su cara era tan tormentosa como el día que le había hablado de su madre y Keeley comprendió de pronto por qué. Porque no le gustaba el modo en que ella le hacía reaccionar.

«No quiere perder el control ni que nadie vea que pierde el control».

Y entendió también algo más. Que si se quedaba, pasaría el resto de su vida sometiéndose a los deseos y los caprichos de él. Lo único que había pedido cuando había aceptado casarse con él no se había materializado. Jamás serían iguales. ¿Y qué clase de ejemplo sería ese para su hijo?

Se llevó las manos a las mejillas calientes y lo miró fijamente.

—He terminado con esto, Ariston —susurró.

Él entrecerró los ojos.

—¿De qué hablas?

—De ti. De mí. De nosotros. Lo siento. No puedo seguir así. No puedo seguir en esta... esta farsa de matrimonio.

Ariston sonrió con crueldad. Ella no lo había visto mirarla así en mucho tiempo, pero le recordó la crueldad fundamental que yacía en el núcleo de él.

—Pero no tienes elección, Keeley —dijo con voz sedosa—. Esperas un hijo mío y no pienso dejarte marchar.

Ella lo miró a los ojos con furia.

—Tú no puedes detenerme.

—Oh, creo que descubrirás que sí puedo. Tengo la experiencia y los recursos. Tú no tienes nada y yo lo tengo todo. Puedo conseguir que el tribunal dictamine a mi favor en una batalla por la custodia, no lo dudes, aunque preferiría no tener que seguir ese camino. Así que no me obligues. ¿Por qué no te calmas y reconsideras esto? —la miró con frialdad—. Quizá he sido poco razonable...

—¿Quizá? —preguntó ella—. No lo entiendes, ¿verdad? Esto no es un matrimonio. Es una farsa y una cárcel. Y no hablo solo de tu falta de confianza o del comportamiento de carcelero que has demostrado solo porque he tenido la temeridad de invitar a alguien a venir a casa.

—Keeley...

—¡No! Tienes que escucharme. ¿Quieres oír la realidad de lo que es estar casada contigo? ¿Lo maravilloso que es? Tú pasas muchas horas en la oficina y, cuando vuelves, como máximo me toleras. Orgasmos garantizados y algún viaje que otro al teatro no crean intimidad, pero supongo que eso no debería sorprenderme porque tú no quieres intimidad. Tú mismo me lo dijiste y en ese momento pensé que podría vivir con ello, o que quizá eso cambiaría, pero ahora sé que no puedo. Porque yo no te importo nada. Solo te importa tu hijo. A veces haces que me sienta como un personaje en una película de ciencia ficción, alguien que lleva a tu hijo dentro para que puedas quitármelo en cuanto nazca. Como si fuera una maldita incubadora.

–Keeley...

–¿Quieres dejar de interrumpirme? –gritó ella–. Cuando mencioné que tenemos demasiados empleados y comenté mi deseo de ayudar con el trabajo de casa, me miraste como si fuera un monstruo. ¿Qué se supone que debo hacer todo el día? ¿Ir de tiendas como una maniquí bien vestida gastando de tu tarjeta de crédito?

–Muchas mujeres lo hacen.

–Pues yo no. Por si te interesa, me aburre muchísimo. Tuve una breve historia de amor con lo de gastar en exceso antes de casarnos, pero eso ya pasó. Es una existencia vacía y sin sentido. Prefiero donar dinero a caridades antes que seguir comprando más bolsos caros.

–Keeley...

–No he terminado –continuó ella con frialdad–. Tú hablas griego y yo no, lo que significa que siempre estaré al margen, y cuando tomo la iniciativa de dar clases, me acusas de querer conquistar al hermano de mi profesora.

–Te he oído –dijo él–. Y entiendo que mi reacción ha sido exagerada. Por supuesto que puedes dar clases si quieres, pero al menos déjame que elija alguien apropiado para enseñarte. No puedes empezar sin más con la hermana de alguien a quien te has tropezado en un restaurante.

–¿Por qué no?

–Porque no han sido investigados –dijo él entre dientes.

Era la última gota, y en aquel momento Keeley supo que no podía haber vuelta atrás. Ni tampoco hacia delante. El corazón le latía con fuerza, pero se las arregló para hablar con calma,

–¿Y qué quieres que haga, que me quede aquí encerrada mientras tú investigas a todos los que quieran verme? ¿Quieres construir barreras a mi alrededor tan altas como las que has construido a tu alrededor?

–¿Quién es la que exagera ahora? –preguntó él.

–Yo no. Pensaba que las cosas podían cambiar un poco cuando estuviéramos casados, pero en lugar de la intimidad que esperaba, solo encuentro rabia y recelo. Me das lástima, Ariston. Ver el mundo de un modo tan cínico implica que nunca serás feliz, y eso, inevitablemente, afectará a nuestras vidas. Y no criaré a un hijo mío en una atmósfera así. No quiero que nuestro hijo crezca conociendo solo desconfianza y cinismo, ni que se pregunte por qué mamá y papá nunca intercambian muestras de cariño. Quiero que tenga una visión sana del mundo, y por eso me marcho.

—Inténtalo —la desafió él.

Ella asintió con amargura y lo miró a los ojos.

—¿Eso es tu modo de decir que me cortarás el dinero? ¿Vas a ser también tirano financiero además de tirano emocional? ¿De verdad irías tan lejos, después de lo que pasaste tú? Pues bien, adelante, hazlo. Pero, si lo haces, iré directamente a un abogado y pediré que consiga una orden de manutención. O venderé esto —señaló los diamantes fríos que brillaban en sus dedos y la pulsera que colgaba de su muñeca—. O esto. O, si es preciso, iré a la prensa. Sí, también haría eso. Contaría mi historia y les diría cómo ha sido estar casada con el magnate griego. Haría lo que fuera por lograr que no me quites a mi hijo, por mucho que me ofrezcas por desaparecer de tu vida. Porque ninguna cantidad de dinero podría inducirme a separarme de mi hijo.

Respiró hondo.

—Yo no soy tu madre, Ariston —declaró con pasión.

Vio que se encogía como si lo hubiera golpeado, pero ya nada podía detenerla.

—Y ahora, si me disculpas, tengo que hacer las maletas —dijo con voz temblorosa—. Y si intentas detenerme, llamaré a la policía.

La expresión de él era inescrutable y ella supo que lo había empujado hasta donde era posible. Había dicho todo lo que tenía que decir, pero en su interior había todavía un asomo de esperanza que se negaba a morir. ¿Podía verla él en sus ojos? ¿Era capaz de ver el anhelo que ella sospechaba merodeaba en su mirada? La esperanza de que quizá aquel enfrentamiento hubiera despejado el ambiente de una vez por todas y él le permitiera acercarse lo bastante para ser la esposa que quería ser. Para mostrarle todo el amor que había en su corazón y quizá derribar algunas de las formidables barreras que él había erigido a su alrededor. Tragó saliva. Tal vez no pudiera amarla, ¿pero podría relajarse lo suficiente para apreciarla y confiar en ella?

Pero en cuanto él abrió la boca, Keeley supo que sus esperanzas eran vanas.

—Creo que, dado tu estado de histeria actual, es mejor que lo consultes con la almohada. Esta noche me iré a un hotel para dejarte espacio y, con suerte, mañana te habrás calmado un poco —su voz se suavizó de pronto—. Porque alterarte de este modo no puede ser bueno para el bebé, Keeley.

Ella quería aullar de frustración. Y de pena. Eso también. Le alegraba que él quisiera al niño aún no nacido, pero necesitaba que la quisiera también a ella, y eso no ocurriría nunca. Se volvió con rapidez, con miedo a que él viera su dolor o las lágrimas que empezaron a caer de sus ojos en cuanto echó a andar hacia la puerta.

Capítulo 12

EL CIELO de octubre era gris y pesado y Ariston tenía la vista fija en la lejanía cuando sonó el interfono de su escritorio y se oyó la voz de Dora, su secretaria.

–Tengo al jeque Azraq de Qaiyama en la línea uno.

Ariston tamborileó con el dedo en la superficie de la mesa. Esperaba esa llamada para que le confirmara un negocio por el que había trabajado mucho. Un negocio que podía incrementar las inversiones de la empresa en muchos millones de dólares. Se disponía a aceptar la llamada, cuando empezó a sonar el teléfono móvil y vio el nombre de Keeley en la pantallita. El corazón le dio un vuelco.

–Dile al jeque que lo llamo más tarde.

–Pero Ariston...

Era raro que la secretaria intentara llevarle la contraria, pero Ariston conocía la razón de su intervención. El jeque Azraq al-Haadi era uno de los líderes más poderosos de los países del desierto y no se tomaría bien su negativa a aceptar una llamada que había costado días organizar. Pero Ariston sabía sin la menor duda que era más importante hablar con Keeley. Apretó los labios con satisfacción. ¿Se arrepentía ya de su decisión de dejarlo? ¿Había descubierto que la vida no era tan fácil sin la protección de su influyente esposo? ¿Se había dado cuenta de que la preocupación de él por la gente de la que se rodeaba se debía a la necesidad de protegerla? Aceptaría que volviera, sí, pero ella tenía que entender que no permitiría ese tipo de histeria en el futuro... por el bien de todos.

–Por favor, dile al jeque que removeré cielo y tierra para organizar otra llamada –dijo con firmeza–. Pero ahora tengo otra llamada, así que no me molestes hasta que yo lo diga, Dora.

Apretó el botón del teléfono móvil.

–¿Diga?

Hubo una pausa al otro lado.

–Ariston –dijo la voz suave inglesa que le provocó una punzada de dolor en el corazón–. Has tardado tanto, que pensaba que no ibas a contestar.

Algo en él lo impulsaba a intentar una reconciliación, pero la furia que había sentido cuando ella había cumplido su amenaza de dejarlo no lo había abandonado del todo.

–Pues ahora estoy aquí –dijo con frialdad–. ¿Qué es lo que quieres, Keeley?

–Mañana me harán una ecografía –dijo ella, ahora con voz tan fría como la de él–. Y he pensado que quizá te gustaría venir. Sé que es muy precipitado y quizá no puedas hacer un hueco...

–¿Por eso has dejado la invitación para tan tarde? –preguntó él.

Oyó un suspiro de frustración al otro lado.

–No. Pero como no te has molestado en contestar ninguno de mis correos electrónicos...

–Sabes que no me gusta comunicarme por correo electrónico.

–Sí, ya lo sé –hubo una pausa–. No estaba segura de que quisieras verme. Pensé enviarte la foto de la ecografía más tarde, pero luego he pensado que no sería justo y...

–¿A qué hora es? –la interrumpió él.

–A mediodía. En el hospital Princess Mary.

–Allí estaré –declaró él. A continuación, la voz de su conciencia le hizo preguntar–: ¿Cómo estás?

–Muy bien. La matrona está contenta con cómo va todo y...

–Nos vemos mañana –dijo él. Y dio por terminada la conversación.

Después se quedó mirando el espacio, enfadado consigo mismo por ser tan brusco con ella, ¿pero qué esperaba Keeley? ¿Que corriera tras ella como un cachorrito? Miró el cielo, donde nubes oscuras habían empezado ya a lanzar lluvia sobre los rascacielos circundantes. Después de la pelea, había pasado la noche en un hotel para darle tiempo a calmarse y, al volver a la mañana siguiente, esperaba una disculpa. Pero se había equivocado. Ella había insistido en marcharse.

Ariston había intentado ser razonable. No se había opuesto a los deseos de ella y le había dado libertad para mudarse a un apartamento propio, pensando que, si le daba la libertad que ella pensaba que quería y el espacio que creía necesitar, eso haría que volviera corriendo. Pero no había sido así. Al contrario, Keeley se había hecho un nido hogareño en su casita alquilada de Wimbledon Common, como si pensara quedarse allí para siempre. En la única visita que le había hecho, Ariston había mirado con incredulidad la habitación amarilla que ella había convertido en un cuarto infantil perfecto adornando las paredes con conejos y otros animalitos. Un móvil brillante de peces plateados colgaba encima de una cuna nueva y en el pasillo había un carrito de bebé anticuado. Él había mirado por la ventana la hierba aparentemente interminable del Common y se le había encogido el corazón de dolor al darse cuenta de su exclusión. Y sin embargo, el orgullo le había impedido mostrarlo, y, cuando ella le había ofrecido un té, él lo había rechazado alegando una reunión de negocios.

Ella le había dicho que sería justa y que podría ver al niño siempre que quisiera, y él la creía, pero la idea de vivir sin su hijo le producía dolor. Y sin embargo, la idea de una batalla legal por el niño de pronto no le parecía bien.

¿Por qué?

Durmió mal, algo que empezaba a convertirse en costumbre, y estaba ya esperando cuando Keeley llegó al hospital.

—Ariston –dijo. Y se sonrojó–. Llegas temprano.

—¿Y?

Ella dio la impresión de querer decir algo más, pero en vez de eso, sonrió, aunque su sonrisa no resultó muy convincente. Aun así, Ariston nunca la había visto tan hermosa, con una chaqueta de terciopelo verde a juego con sus ojos y el pelo cayéndose sobre un hombro en una trenza gruesa.

—¿Vamos a la sala de ecografías? –preguntó ella.

—Como quieras –gruñó él.

La cita fue muy bien. La radióloga les señaló, cosa que no era necesario que les señalara. El latido rápido del corazoncito y el pulgar metido en una boca monocroma. Ariston sintió el sabor salado de las lágrimas en la garganta y se alegró de que Keeley estuviera ocupada limpiándose el gel del estómago y le diera tiempo para recuperar la compostura.

Y cuando salieron a la calle silenciosa, tuvo la impresión de haber entrado en otro mundo.

–¿Quieres ir a almorzar? –preguntó.

–No, gracias.

–¿Un café, pues?

Keeley negó con la cabeza.

–No, gracias. Eres muy amable, pero ahora no tomo café y estoy cansada. Prefiero irme a casa, si no te importa.

–Le diré a mi chófer que te lleve.

–No, de verdad. Tomaré el autobús o el metro. No es ninguna molestia.

–No permitiré que cruces Londres en transporte público en tu estado. Te llevará mi chófer –repitió él, con un tono que no ocultaba su creciente irritación–. No te preocupes, yo tomaré un taxi. No se me ocurriría imponerte más tiempo mi presencia, puesto que te apetece tan poco. Vamos. Sube.

Abrió la puerta de una limusina que Keeley ni siquiera había visto y que se había colocado sin ruido a su lado. Entró en el asiento trasero y miró los ojos azules de Ariston, aquellos ojos hermosos que tanto echaba de menos. Sintió la boca seca. ¿Debía invitarlo a ir de visita alguna vez? ¿Enviaría eso el mensaje equivocado o, mejor dicho, el mensaje verdadero de que no eran solo sus ojos lo que echaba de menos?

—Ariston... —empezó a decir.

Pero él ya había cerrado la puerta y hecho una señal al chófer y el automóvil se puso en marcha.

Keeley se volvió a mirarlo, pero él se dirigía ya hacia un taxi negro que acababa de apagar la luz amarilla y ella se mordió el labio inferior y se giró de nuevo en el asiento.

Lo que hacía era lo correcto. Ir a almorzar con él sería una tortura. No la amaba y no la amaría nunca. Podía tener el poder de convertirla en gelatina cuando la miraba, pero él era todo lo que ella despreciaba.

¿Pero por qué lo deseaba todavía con un anhelo que a veces la dejaba sin aliento por el dolor por lo que nunca podría ser?

Se recordó que hacía aquello por el niño. Tenía que construir respeto entre ellos y forjar una relación que demostraría lo que podían lograr dos adultos si se lo proponían.

Cuando llegó a su destino, se animó en el acto. Wimbledon Common había sido uno de esos lugares con los que había soñado cuando vivía en New Malden. Tenía una sensación de pueblo y un estanque, además de muchas tiendas pequeñas y restaurantes.

Entró en su casa con un suspiro. No quería vivir como antes ni sentirse como una muñeca mimada inmersa en la vida de otra persona. Quería conectar con el mundo real, no sentarse en un ático de lujo y verlo desde arriba. Y sobre todo, quería un hombre que no pensara que los sentimientos eran un veneno y que había que esquivarlos todo lo posible.

Encendió la cocina y acababa de poner agua a hervir cuando sonó el timbre. Miró por la mirilla y le sorprendió ver a Ariston con las manos en los bolsillos de los pantalones y una expresión sombría en el rostro.

–¿Qué haces aquí? –le preguntó, después de abrirle la puerta.

–¿Puedo entrar? –preguntó él a su vez.

Keeley dudó solo un instante.

–Por supuesto.

No le ofrecería un té ni fingiría que aquello era una visita de cortesía. Lo escucharía y luego él se iría. Pero sintió un escalofrío de aprensión porque una visita inesperada no auguraba nada bueno.

–¿Qué quieres, Ariston? –preguntó en voz baja–. ¿Por qué has venido?

Él la miró y de pronto se quedó sin palabras. De camino allí había pensado lo que iba a decir, pero, llegado el momento, no podía hablar. Sin embargo, sabía lo que quería, ¿no? Y dominaba el arte de la negociación. ¿No era el momento de ponerlo en práctica?

–Voy a reducir mis horas de trabajo –dijo.

Ella pareció sorprendida, pero asintió.

–Está bien.

–Porque tienes razón. Trabajo demasiado.

La miró expectante, esperando que ella apreciara aquel gesto magnánimo y se echara en sus brazos. Pero ella permaneció inmóvil, con expresión cautelosa y el pelo rubio reluciendo en la luz otoñal que entraba por la ventana.

–¿Y qué quieres decir con eso? –preguntó.

–Que estaremos juntos más tiempo. Obviamente.

Ella le dedicó una sonrisa extraña.

–¿Y qué es lo que ha causado esa súbita revelación?

Ariston frunció el ceño, porque no era la reacción que esperaba.

–Me he permitido aceptar que la empresa va bien y es probable que siga así en el futuro inmediato –dijo con lentitud.

Keeley se rascó la nariz.

–¿Y no ha sido siempre así?

Él negó con la cabeza.

–No. Cuando murió mi padre, descubrí que había dilapidado gran parte de la fortuna familiar. Por un tiempo no estuvo claro si lo conseguiríamos. De pronto me encontré mirando un gran agujero negro donde antes estaba el futuro y había muchas personas que dependían de mí. No solo Pavlos, también los empleados. Gente en Lasia cuyo modo de vida dependía de nuestro éxito. Gente en ciudades de todo el mundo.

Respiró hondo.

–Por eso empecé a trabajar mucho todos los días. Hasta después de medianoche. Me costó un gran esfuerzo reflotar la empresa.

–Pero eso era entonces y esto es ahora. Kavakos es la naviera más grande del mundo.

–Lo sé. Pero el trabajo se convirtió en un hábito y dejé que me dominara. Y ya no lo haré más. Pasaré menos tiempo en la oficina y más en casa. Contigo. Eso es todo.

Siguió un silencio.

–Pero eso no es todo –dijo ella–. Tú trabajas tanto porque en el trabajo mandas tú y se hace lo que dices. Y te gusta llevar el control. No basta con que reduzcas tus horas.

–¿No basta? –repitió él, confuso–. ¿Qué más quieres de mí?

Keeley se había jurado no volver a colocarse nunca en una posición donde pudiera volver a ser rechazada, pero lo había hecho porque era joven y se sentía herida y humillada. Ahora era una mujer adulta que pronto tendría un hijo. Y lo que se debatía allí era si tenía el valor de dejar a un lado su orgullo y sus miedos e intentar conseguir lo único que quería.

–Quiero tu confianza –dijo–. Quiero que creas en mí cuando te digo cosas y dejes de imaginar lo peor. Quiero que dejes de intentar controlarme y me des libertad para ser yo misma. Quiero dejar de sentir que nado contracorriente cuando intento acercarme a ti. Quiero que nuestro matrimonio funcione, que estemos los dos dispuestos a trabajar en eso. Quiero que seamos iguales, Ariston. Iguales de verdad.

Él entrecerró los ojos.

–Parece que has pensado mucho en esto.

–Oh, bastante –respondió ella con sinceridad–. Pero no sabía si alguna vez tendría ocasión de decirlo.

Hubo otro silencio y la expresión atormentada de él le oprimió el corazón a Keeley porque veía sus propios miedos e inseguridades reflejados allí. Le daban ganas de abrazarlo, de ofrecerle su fuerza y sentir la de él. Pero no dijo nada que rompiera el conjuro o la esperanza de que él mostrara lo que escondía en su corazón en lugar de esconderlo como hacía siempre. Porque ese era el único modo de que pudieran ir hacia delante. Que los dos fueran lo bastante sinceros para dejar brillar la verdad.

—No quería dejar que te acercaras porque percibía un peligro, el tipo de peligro con el que no sabría cómo lidiar —dijo él al fin—. He pasado años perfeccionando un control emocional que me permitió recoger los pedazos y cuidar de Pavlos cuando se fue nuestra madre. Un control que mantenía el mundo a una distancia segura. Estaba tan ocupado protegiendo a mi hermano y su futuro, que no tenía tiempo para nada más. No quería nada más. Y luego te encontré y todo cambió. Empezaste a acercarte. Me atrajiste por mucho que yo intentara combatirlo y reconocí que tenías el poder de hacerme daño.

—Pero yo no quiero hacerte daño —dijo ella—. No soy tu madre y no puedes juzgar a todas las mujeres por el mismo patrón. Quiero estar a tu lado en todos los sentidos. ¿No me vas a dejar hacerlo?

—No creo que tenga elección —admitió él con voz ronca—. Porque mi vida sin ti ha sido un infierno. Mi apartamento y mi vida están vacíos sin ti. Tú me dices la verdad de un modo que a veces resulta doloroso, pero de ese dolor ha crecido la certeza de que te amo. De que quizá te he amado siempre y quiero seguir amándote el resto de mi vida.

Keeley se acercó a él y lo abrazó. Y por fin él la abrazó también con fuerza y ella cerró los ojos para reprimir las lágrimas.

—Keeley —susurró él, con los labios en la mejilla de ella—. Me he mentido a mí mismo desde el principio —se apartó y le acarició los labios temblorosos—. Me atrajiste desde el primer momento, pero me resultaba más fácil convencerme de que te despreciaba. Decirme que eras igual que tu madre y que solo quería sexo contigo para apagar el ansia ardiente que había dentro de mí. Pero tú seguías reavivando las llamas. Y cuando te quedaste embarazada, una parte de mí se alegró mucho porque así tenía una razón para estar cerca de ti. Pero luego llegó la realidad y lo que me hacías sentir era más de lo que había sentido nunca. Y...

—Y te dio miedo —terminó ella. Se apartó un poco para mirarlo a los ojos—. Lo sé. También me daba miedo a mí. Porque el amor es precioso y raro y la mayoría no sabemos cómo lidiar con él, sobre todo cuando hemos crecido sin él. Pero somos personas inteligentes. Los dos sabemos lo que no queremos, hogares rotos, niños perdidos y heridas amargas que nunca se curan del todo. Yo solo quiero quereros a nuestro hijo y a ti y crear una familia feliz. ¿No quieres tú lo mismo?

Ariston cerró los ojos un instante y, cuando volvió a abrirlos, ella seguía allí, y seguiría siempre. Porque había cosas que se sabían solo con que uno bajara sus defensas el tiempo suficiente para que se impusiera el instinto. Y el instinto le decía que Keeley Kavakos lo querría siempre, aunque quizá no tanto como la quería él.

La abrazó.

—¿Podemos irnos a la cama para empezar a planear nuestro futuro? —preguntó.

Keeley se puso de puntillas y le echó los brazos al cuello.

—Creía que no lo preguntarías nunca.

Epílogo

CÓMO TE sientes, mi inteligente y hermosa esposa?

Keeley alzó la vista de la cabecita negra que acunaba contra su pecho y se encontró con los ojos brillantes de su esposo fijos en ella.

Era una pregunta difícil. ¿Cómo expresar con palabras el millón de sentimientos que la habían embargado durante el largo parto, que había terminado una hora atrás, con el nacimiento de su hijo? Alegría, satisfacción, incredulidad... Y también la determinación absoluta de que siempre querría y protegería a aquel bebé con todo su ser. Timos Pavlos Kavakos. Sonrió y acarició con un dedo su mejilla morena.

–Me siento la mujer más afortunada del mundo –dijo con sencillez.

Ariston asintió. Él sentía lo mismo. Ver a Keeley pasar por el parto le había enseñado el verdadero significado de la impotencia y había maldecido en silencio por no poder compartir el dolor con ella. Sin embargo, también había sido otra demostración de la fuerza formidable de su esposa. Una esposa que planeaba trabajar con él en el negocio familiar en cuanto fuera el momento oportuno. Recordó la reacción de ella cuando se lo había propuesto y su alegría incrédula. ¿Pero por qué no iba a querer a una mujer tan capaz a su lado, con un horario que resultara apropiado para el niño y para ella? ¿Por qué no iba a querer disfrutar de su compañía todo lo posible, sobre todo porque cada día hablaba mejor el griego?

Pero le había dicho que lo estudiaba con pasión, no porque tuviera miedo de quedarse al margen, sino porque quería hablar el mismo idioma que su hijo y porque la familia era más importante que ninguna otra cosa. Un hecho que habían constatado con la muerte repentina de su madre, que había producido a Keeley una especie de gratitud triste porque Vivienne Turner estaba en paz por fin. Y había hecho que ambos pensaran en las cosas que de verdad importaban. Habían decidido instalar su casa en Lasia, en aquel paraíso exquisito con sus verdes montañas y su mar de color zafiro y cielos de un azul interminable.

Ariston pensó lo hermosa que estaba, pálida y agotada todavía después del largo parto, con el cabello rubio rozando sus mejillas y sonriéndole con confianza.

–¿Quieres tomar en brazos a nuestro hijo? –preguntó.

Él sintió una opresión en la garganta. Tenía la sensación de llevar toda la vida esperando ese momento. Tomó al niño dormido en sus brazos y, cuando se inclinó a besarle el pelo negro, lo embargó una oleada de amor fiero. Aquel era su hijo. Miró los ojos llenos de lágrimas de su esposa.

–*Efaristo* –dijo con suavidad.

–¿Gracias por qué? –preguntó ella, temblorosa, cuando él le pasó un brazo por los hombros y la atrajo hacia sí.

–Por mi hijo, por tu amor, y por darme una vida con la que jamás había soñado.

Keeley no consiguió reprimir las lágrimas, que empezaron a rodar por sus mejillas. Ariston las fue secando una a una con los labios, con su hijo dormido pacíficamente en sus brazos.

Ella comenzó a sucumbir ante las expertas caricias de su amante...

Samantha Wilson no había olvidado el dolor de haber sido rechazada por Leo Morgan-White en su adolescencia. Pero, cuando el imponente millonario le ofreció una forma de poner fin a las deudas de su madre, no pudo negarse.

El trato que Leo le proponía era fácil. Samantha tenía que fingir ser su prometida para ayudarle a conseguir la custodia de Adele, hija de su difunto hermanastro. Sin embargo, para Leo, la inocencia de Sammy fue un soplo de aire fresco en su cínico mundo, hasta que la tentación de satisfacer su deseo por ella se volvió irresistible.

RENDIDA AL DESEO

CATHY WILLIAMS

Acepte 2 de nuestras mejores novelas de amor GRATIS

¡Y reciba un regalo sorpresa!

Oferta especial de tiempo limitado

Rellene el cupón y envíelo a

Harlequin Reader Service®
3010 Walden Ave.
P.O. Box 1867
Buffalo, N.Y. 14240-1867

¡Si! Por favor, envíenme 2 novelas de amor de Harlequin (1 Bianca® y 1 Deseo®) gratis, más el regalo sorpresa. Luego remítanme 4 novelas nuevas todos los meses, las cuales recibiré mucho antes de que aparezcan en librerías, y factúrenme al bajo precio de $3,24 cada una, más $0,25 por envío e impuesto de ventas, si corresponde*. Este es el precio total, y es un ahorro de casi el 20% sobre el precio de portada. !Una oferta excelente! Entiendo que el hecho de aceptar estos libros y el regalo no me obliga en forma alguna a la compra de libros adicionales. Y también que puedo devolver cualquier envío y cancelar en cualquier momento. Aún si decido no comprar ningún otro libro de Harlequin, los 2 libros gratis y el regalo sorpresa son míos para siempre.

416 LBN DU7N

Nombre y apellido	(Por favor, letra de molde)

Dirección	Apartamento No.

Ciudad	Estado	Zona postal

Esta oferta se limita a un pedido por hogar y no está disponible para los subscriptores actuales de Deseo® y Bianca®.
*Los términos y precios quedan sujetos a cambios sin aviso previo.
Impuestos de ventas aplican en N.Y.

SPN-03 ©2003 Harlequin Enterprises Limited

Heredero ilegítimo
Sarah M. Anderson

Zeb Richards había esperado años para hacerse con la cervecera Beaumont que por derecho era suya. Pero dirigir aquella empresa conllevaba enfrentarse a una adversaria formidable, Casey Johnson. Era una mujer insubordinada y obstinada.

Casey se había ganado su puesto en la compañía que tanto quería y ningún presidente, por irresistible que fuera, iba a interponerse entre ella y sus ambiciones. Hasta que una noche de desenfreno cambió el reparto de poderes. Casey se había enamorado de su jefe y estaba esperando un hijo suyo.

Aquel jefe rompió todas las reglas en una noche, una noche que trajo consecuencias

Bianca

**De apocada asistente personal...
¡a esposa del jefe!**

Alexandra Hill está a años luz de las sofisticadas empleadas de Max Goodwin. Pero este director general necesita una intérprete y... pronto. Contrata a Alex con una condición: ¡un cambio de imagen! Pronto pasa de ser una poco agraciada traductora a una asombrosa belleza... y los pensamientos de Max pasan de lo profesional a lo muy personal...

La vida de playboy de Max no puede ser más distinta de la educación conventual de Alex, pero ella no quiere ser solo la amante de un millonario. Sin embargo, Max había decidido hacía mucho tiempo que jamás se casaría...

DE LA INOCENCIA A LA PASIÓN

LINDSAY ARMSTRONG